W0303693

Pedro Badrán

Verbrechen in der Provinz

Auch ein Kriminalroman

Aus dem kolumbianischen Spanisch
übersetzt von Richard Gross

edition 8

Die Übersetzung aus dem Spanischen wurde vom SüdKulturFonds in Zusammenarbeit mit LITPROM-Gesellschaft zur Förderung der Literatur aus Afrika, Asien und Lateinamerika e.V. unterstützt.

Die Originalausgabe erschien unter dem Titel *Crímenes de provincia* im Verlag Penguin Random House Grupo Editorial, Bogotá 2022.

Umschlagbild: ›Chivo expiatorio‹ (Sündenbock), Ölgemälde des kolumbianischen Malers Alejandro Obregón (1920–1992)

FSC www.fsc.org MIX Papier | Fördert gute Waldnutzung FSC® C089473

Die edition 8 wird im Rahmen des Förderkonzepts zur Verlagsförderung in der Schweiz vom Bundesamt für Kultur mit einem Förderbeitrag für die Jahre 2021–2025 unterstützt.

*Besuchen Sie uns im Internet: Informationen zu unseren Büchern und Autor*innen sowie Rezensionen und Veranstaltungshinweise finden Sie unter www.edition8.ch*

2024, 1. Auflage, © Pedro Badrán, 2015, © dieser Ausgabe bei edition 8. Alle Rechte, einschliesslich der Rechte der öffentlichen Lesung, vorbehalten. Korrektorat, Typografie & Umschlag: Heinz Scheidegger; Druck und Bindung: Beltz, Bad Langensalza.
Verlagsadresse: edition 8, Quellenstrasse 25, CH-8005 Zürich, Telefon +41/(0)44 271 80 22, info@edition8.ch

ISBN 978-3-85990-515-3

Da geht er, der ewige Dämon, der uns regiert.
F. A.

I

Nie habe ich verstanden, warum ich nach dem Tod von Horacio Maldonado Hadad nicht die Gelegenheit bekam auszusagen.

Möglich, dass die Staatsanwälte dachten: ein Arzt wie er, immer so still und adrett und poetisch angeweht, wird der Akte nichts Wesentliches beizufügen haben. Dass ich der beste Freund des Opfers war, heute sein Schwager sein könnte, der Familie am nächsten stand und als Einziger über Identität und Motive der Täter Bescheid wissen konnte, schien sie wenig zu kümmern.

Vielleicht zwang diese mangelnde Sorgfalt mich, der Lösung eines Verbrechens nachzugrübeln, das wie so viele andere allmählich in Vergessenheit geriet, nachdem sich die Ermittler wahrlich nicht um Aufklärung bemüht hatten.

Heute, da ich an der wohl letzten Fassung dieses Buches schreibe, weiss ich, dass mir das Geheimnis um Horacios Tod von einer dunklen und ironischen Instanz zugedacht war. Nebel umfing das Geschehene, und auch nach langen Recherchen konnte ich manche Vermutungen weder bestätigen noch entkräften. Dafür kam ich, einer toxischen Erkenntnis gleich, meiner Herkunft auf die Spur und fand manches, nicht viel, über die tragische Figur meines Vaters heraus.

Horacios Freund zu sein, war ein Privileg, das mir vom Leben gewährt wurde. Seine Zuneigung minderte mein Gefühl der Obdachlosigkeit. Ich teilte mit ihm die Schulbank, und diese tägliche Nähe verschaffte mir eine Aura des Respekts, die meine Kameraden prompt anerkannten. Denn Horacio war kein Geringerer als der Sohn des Senators Maldonado, und er hatte von seinem Vater die Gabe der Rede geerbt, auch dessen Ansehen und Würde. Mir fiel auf, dass er nie grosse Töne schwang, nie mit seiner Herkunft prahlte und ohne jedes Gehabe, ja vielleicht seiner Natürlichkeit halber bei sämtlichen Bewohnern von Puerto E., zumal den weiblichen, vertrauliche Ehrfurcht genoss – als würde ihm alle Welt von vornherein eine Untergebenheit bekunden, die einzufordern er sich nicht genötigt sah.

Horacio hatte volles schwarzes Haar. Er war hager, unter der zimtbraunen Haut zeichneten sich die langen Knochen ab. Sein männliches Auftreten und vor allem die grossen schwarzen Augen, ein Erbe seiner Mutter, verrieten sanftes Feuer, generöse Herzenswärme.

Einmal, in den Ferien zur Jahresmitte, machten wir es uns zur Gewohnheit, in den Flusslagunen zu baden und in den Abend zu schauen, der um diese Stunde wie ein riesiger Silberspiegel glimmerte. Wir fischten bärtige Welse und spähten verstohlen zu den badenden Mädchen hinüber, sie waren halbnackt und gossen sich Wasser aus Kalebassen über die Köpfe. Die niedergehende Sonne legte Lichtkräusel auf das Wasser, und an den Ufern pickten Reiher nach Jungfischen. Was für wunderbare Momente.

Noch gut ist mir in Erinnerung, wie wir von einem Fischer ein Kanu heuerten und uns Paddelstich um Paddelstich durch die Mäander der Lagune arbeiteten. Drei Stunden lang, es kam mir vor wie eine Ewigkeit, streiften wir durch schlammiges Gewässer, drifteten verloren durch die Fahrrinnen, in denen Krautzeug trieb, ahnten das Schwirren der ersten Fledermäuse voraus. Horacio, der meine Bitten nach Umkehr überhörte, weidete sich am Abenteuer. Mir hingegen war bang, ich glaubte sterben zu müssen. Horacio versuchte mich zu beruhigen, fing an, von Reihern und Mojarras zu reden, von Stehgewässern und Fliessgewässern, den letzten, sich am Ufer sonnenden Brillenkaimanen, von Taruyas und Flussbeugen, Frachtschiffen und Lastkähnen, die Vieh in die Städte beförderten. Es war, als würde er die Welt mit Namen belegen und ich erst jetzt beginnen, ihre Geheimnisse zu entdecken.

Ich fing an, Horacio in seinem Elternhaus zu besuchen, meist, wenn der Senator nicht da war. Horacio besass eine umfangreiche Sammlung von Batman-Heften, die wir hingestreckt auf der Dachterrasse lasen. Aus der Küche kam der Ruf von Celeste Arrieta: ob wir nicht zu essen wünschten, Tajaditas de Plátano, ein Bollo de Maíz oder Bollo de Coco, Empanadas, selten Obst, ausser zur Erntezeit, wenn es gesalzene Mango Biche gab. Celeste war die Köchin, eine dralle Frau mit dicken Armen, das Haar mit Metallclips gestrafft. Hätte ich sie, wie heute vorgeschrieben, ›afrodeszendent‹ genannt, hätte es ihr wohl missfallen. Aber lassen wir das. Abzuschweifen ist eine meiner Schwächen, der ich trotz gelobter Besserung stets aufs Neue verfalle. Also: Celeste … Sie nannte Horacio und mich *Niños*, sie sagte Niño Horacio und Niño Rodo und zeigte dabei ein schönes, weisszähniges Lächeln. Sie hatte eine Tochter, die älter war als wir, Emilce, die Frau von Grimaldo Santoya, Vertrauensmann des Senators und Aufseher der Güter von Doña Verónica Maldonado.

Horacio war nicht nur mein bester Freund, er war auch mein Lehrer und Komplize. Er studierte mit mir Medizin in Barranquilla, teilte sich mit mir Studentenbuden, lieh mir Geld, schenkte mir Guayaberas und Seidenhemden und führte mich in Gesellschaftskreise ein, denen ich aus Schüchternheit oder Befangenheit fernblieb. Trotzdem konnte ich ihn oft nicht verstehen. Die Art etwa, wie er gegen seinen Vater rebellierte und ihm grundlos widersprach, wollte mir nicht gefallen. Nicht nur einmal wurde ich zum peinlich berührten Zeugen ihrer Auseinandersetzungen, und ich fragte mich, woher so viel Grimm gegen den Senator rühren mochte. Als Horacio bereits Absolvent war oder schon mitten im Landjahr stand, drängte der Senator Maldonado darauf, dass sein Sohn ihn im Wahlkampf unterstütze. Er betrachtete ihn als natürlichen Nachfolger. Mein Freund hielt dagegen, dass er sich nichts aus Politik mache, im Übrigen wolle der Vater nur sein Charisma als Armenarzt ausschlachten.

Mit den Jahren sollte Horacio sich mir entfremden. Er begann ein Doppelleben zu führen, ein Dasein im Dunkeln, das sicherlich leidenschaftlich war und in den Elendsdörfern jenseits des Flusses anfing, wo er hungerbäuchige Kinder behandelte, werdende Mütter mit Arzneien versorgte und schwangere Mädchen bei der Entbindung betreute.

Das ging, keine Frage, nicht ohne Gefahr.

Jeder wusste, dass Guerillagruppen diese Landstriche kontrollierten. Sie kaperten Schiffe, stahlen Rinder, kidnappten Viehzüchter. Ärzte und andere, die den Dorfgemeinschaften Dienste leisteten, blieben anfangs noch verschont. Später aber wurde der Krieg (oder Konflikt, wie der Anwalt Fabián Angarita, mein guter Freund und Nachbar, zu sagen beliebt) grausamer und blutiger, und auch Priester, Lehrer und Ärzte gerieten zwischen die Fronten.

Nicht mehr als dreimal setzte ich mit Horacio über den Fluss, entschlossen, ihm bei seinen Streifzügen zur Seite zu stehen. Im Spital schützte ich jeweils das Befinden meiner Mutter, der Niña Lola, vor, sie hatte nicht nur Bluthochdruck, sondern sträubte sich gegen jedes Medikament. Meine erste Überfahrt fiel mit einer Polio-Kampagne zusammen, durchgeführt nach Absprache zwischen den Zivilbehörden und den örtlichen Guerillagruppen. Schon damals begleitete ihn Doktor Graciela Barrios, die ihm nach eigenen Worten so etwas wie eine Zwillingsseele werden sollte … Aber ich will den Ereignissen nicht vorausgreifen und der Reihe nach vorgehen, auch wenn ich weiss, dass letztlich keine Chronologie überzeugend ist.

Horacio und mir stehe eine glänzende Zukunft bevor, sagte meine Mutter ein ums andere Mal. Horacios Zukunft aber endete am Morgen eines dritten Februar. In dem Spital, wo wir arbeiteten, wurde mir, ich hatte Dienst, seine Leiche übergeben. Purpurne Lippen, fast lächelnd, die Augen offen und nass schimmernd. Der klaffende Riss am rechten Scheitelbein, das gequollene, gestockte Blut auf der Wange, die tödliche Wunde am Hals, eine weitere am Unterleib – und dennoch: auch entstellt blieb er noch schön. Früh Sterbende bewahren das Bild ihrer Lebensfülle, vielleicht bis in die Ewigkeit, denn nicht einmal die Zeit vermag es auszulöschen. Waren es nicht die alten Griechen, die sagten, ein toter Jüngling wird von den Göttern immer geliebt? Oder gab ein angloamerikanischer Dichter die Devise aus, jung zu sterben, um eine schöne Leiche zu sein?

Ich weiss, es gibt in Horacios Leben noch geheime Falten. Im Lauf dieser Jahre habe ich einige entdeckt, sie haben mich nicht überrascht, und ich will sie im gegebenen Moment offenlegen. Innige Fremde unserer selbst, wollen wir nicht im Leben der anderen wühlen, obwohl wir wissen, dass ihre Miseren den unseren gleichen. Niemand ist so gänzlich verschieden oder besonders. Nicht einmal Horacio. Und schon gar nicht sein Vater, der Senator Nicolás Maldonado. Mit ihm muss ich mich befassen, doch möchte ich vorher vom Schauplatz dieser Geschichte erzählen. Und natürlich von Marielita, Horacios Schwester.

Puerto E. ist arm an Reizen. Zur Tagesmitte brennt es wie Glut, Läden und Geschäfte machen dicht. Die Leute speisen, schlagen sich den Magen mit Mehlpampe voll, mit

Fleischfädchen zerfasert in reichlich Suppe, dann kriecht ihnen die Müdigkeit in die Knochen. Gegen drei erwachen sie aus der Siesta. Nicht ohne einen Anflug provinziellen Stolzes brüstet sich mancher, in der »zweitgrössten Stadt des Departamento« zu leben. Aber Puerto E. ist nicht das magische Macondo, auch nicht eine Hauptstadt wie Barranquilla oder Cartagena. Es zählt gut neunzigtausend Seelen, die umliegenden Gemeinden eingerechnet. Auf der Albarrada, der betriebsamen Uferstrasse mit ihrer Behelfsmole, ihren Verkaufsständen und letzten Stoffwarenhäusern, ballt sich das Treiben der Händler und Stauer. Karren, von klapprigen Maultieren gezogen, schaffen mit Kleie ummantelte Eisblöcke heran, die der Konservierung von Welsen, Mojarras und Bocachicos dienen. Auf der Höhe der Kirche rückt das Städtchen vom Fluss ab, wendet sich in fast rechtwinkligem Knick zu einer doppelspurigen Avenida, die nach zwei Kilometern in eine Landstrasse übergeht, welche hinaus in die alten Savannen von Bolívar führt. Besagte Ecke bildet somit ein umgekehrtes L, das sich in den inneren Schichten des Städtchens auffächert oder in unregelmässiger Form wiederholt. Der Fluss strömt in gerader Linie Richtung Bocas de Ceniza, seiner Mündung entgegen; vom Kirchturm herab blickt ihm ein Eisenkreuz nach.

Von jeher eine Stadt im Dazwischen, abgetakelt und schmuddelig, war Puerto E. einst Anlegeplatz für Dampfer und Frachter, Zentrum für Landwirtschafts- und Viehmessen. Mitte der Fünfzigerjahre des vergangenen Jahrhunderts setzte mit dem Bau neuer Strassen der Niedergang ein, der Güterverkehr auf dem Fluss verkam zur Bedeutungslosigkeit. Das letzte Passagierschiff, das den Magdalena befuhr, ging an der Mole von Puerto E. in Flammen auf, ein Ereignis, das den Endpunkt einer Epoche markierte: jener der Kreuzfahrtschiffe mit ihren Tanzorchestern und eleganten

Kajüten für die Passagiere erster Klasse, jene Zeit, an die sich meine Mutter in süsser Wehmut zu erinnern pflegt.

Als Horacio und ich heranwuchsen, erfreute sich Puerto E. noch bescheidenen Glanzes. Von der Terrasse seines Elternhauses aus beobachteten wir die vorbeituckernden Fähren, die Rinder sowie Reis- und Hirsesäcke in die landesinneren Städte transportierten. Flussaufwärts, mehr als neun Schiffsstunden entfernt, liegt die Erdölstadt Barrancabermeja, die nach wie vor viele Arbeitskräfte aus der Region anlockt. Gegenüber, auf der anderen Seite des Flusses, gab es Ebenen, die bei Hochwasser überschwemmt wurden, grosse, ausflutende Lagunen, saftige Weiden mit versonnen grasenden Kühen, durch den Horizont schneidende Vögel und an bestimmten Tagen stromaufwärts wandernde Fischschwärme. In weiterer Ferne, aber mit freiem Auge erkennbar, erheben sich flache Hügel, an denen Campesinos Bahareque-Häuser errichtet haben, mit Palmwedeln bedacht und gepressten Kuhfladen zwischen den Staken. Ich könnte nun eine landschaftliche Idylle beschwören, doch darf nicht ungesagt bleiben, dass es diesen Behausungen an Trinkwasser und Kanalisation fehlt, dass viele Häuslerinnen mit Holz feuern und ich mehr als eine mit zerfetzter Lunge sterben sah, bevor sie das vierzigste Lebensjahr erreichte.

Puerto E. war immer ein primitiver Flecken. Feuerwerksraketen am Patronatsfest, einfältige Zoten, treffende Spitznamen, dörfliches Volk, gut und träge und mitunter nicht so fromm, wie Pater Fídolo es sich gewünscht hätte. Kaputte Strassen, je nach Jahreszeit verstaubt oder pfützenübersät, die Ecken vollgeklebt mit den jüngsten Todesnachrichten, Kokoswasserverkäufer, Papier- und Geschenkeläden, Schuhgeschäfte, Bars, Billardspelunken. Und am Stadtrand, hinter dem Gemeindespital, nach den letzten Bordellen und der letzten Bushaltestelle, nichts als der Geruch von Wildnis, Pflanzenbrodem, reinste Luft, Seitenärmchen des Flusses, Fincas, Viehpferche, niedere Anhöhen, Gräser und Gestrüpp.

Alltag folgte auf Alltag, jahraus jahrein, und dann, alle unheiligen Zeiten, erschütterte die Bewohner ein Verbrechen. Zum Beispiel der Mord, den ein Vater an seinem Sohn beging.

Es geschah an einem frühen Morgen, in jenen Jahren, als Horacio und ich noch Batman-Hefte lasen. Von einer Strassenecke zur nächsten schwoll die Nachricht an, bluttriefend und bruchstückhaft, bis wir uns unter Zweifeln und Vorbehalten einen Reim darauf machten: Don Gerardo Barbosa, Landwirt und Viehzüchter, hatte beim Versuch, ihm die Handhabung einer Flinte zu zeigen, seinen Sohn Gerardito getötet. So lautete die erste Version, die man sich in den Strassen erzählte. Die Taxichauffeure und Haushalthilfen aber kolportierten ein anderes Gerücht.

Horacio und ich kannten Gerardito. Wir belächelten seine manierierten Umgangsformen, seine knapp sitzende Kleidung, seinen exquisiten Geschmack, die in einer engen, voreingenommenen Kleinstadt einem Schuldspruch gleichkamen. Gerardito war ein Jahr älter als wir, er spielte weder Fussball noch hatte er fürs Angeln oder Baden in den Lagunen etwas übrig. Aufgewachsen bei seiner Mutter und drei Tanten, war er mit Modemagazinen, Dulce de Papaya und Delikatessen der karibischen Küche verwöhnt worden. Er schnitt Modebilder aus, verfolgte das Leben der Models und Filmstars und wollte ein Modeschöpfer wie Christian Dior werden, ein Name, den Horacio und ich nie zuvor gehört hatten.

Einmal gingen wir zu ihm, er wohnte nahe der Kirche, und er gab uns Manischewitz zu kosten. Er servierte ihn im Weinglas mit einer Kirsche am Boden. Während wir unseren auf einen Zug leerten und die Kirsche wieder ins Glas legten, schlürfte Gerardito seinen in kleinen, dezenten Schlucken. Nach dem letzten nahm er die Kirsche und führte sie an seine Lippen, wobei er uns mit vielleicht lasziver, jedenfalls verstörender Miene beäugte. Horacio und ich tuschelten und kicherten auf halbwüchsige Art, als wir das Haus verliessen.

Kurz nach Gerarditos Tod, sein Grab war noch frisch, stiessen mein Freund und ich zu der kleinen Zusammenkunft, die der Senator Nicolás Maldonado im Wohnzimmer seines Hauses abhielt. Ein Wahlgang stand bevor, und um das für gewöhnlich ruhige Anwesen schwärmten Kampagnenhelfer aus Weilern und Ortschaften, der eine oder andere Gemeinderat, mehrere Departamentalräte. Da hörten wir jenes Urteil, das uns unwiderlegbar erschien:

»Ich kann Herrn Barbosa sehr wohl verstehen, verdammt noch mal. Vielleicht hätte auch ich diese Memme über den Haufen geschossen. Mir ist eine verhurte Tochter allemal lieber als ein schwuler Sohn.«

Nicht der Senator war es, der so sprach, wenngleich er das Gesagte diskret abnickte.

Wer hätte nicht beipflichten wollen? Niemand. Am allerwenigsten wir, milchbärtige Grünschnäbel, die wir dazumal waren.

Spät, sehr spät, bereits eingebildete Studenten der Medizin, vervollständigten Horacio und ich die Version, die ein guter Leser wohl erahnt hat: Don Gerardo Barbosa hatte nicht nur seinen Sohn, er hatte auch einen jungen Motorradmechaniker getötet – Gerarditos Geliebten.

Dem Viehzüchter sollte ich mehrmals begegnen, ohne je ein Wort mit ihm zu wechseln: Ich blickte in sein Gesicht und sah ihn würdevoll, höchst würdevoll, durch die Strassen des Städtchens schreiten. Jahre danach, auf Horacios Hochzeit, sass Don Gerardo Barbosa am Tisch des

Senators Maldonado und unterhielt sich mit ihm auf das Beste.

Nichts war geschehen. Das Leben musste weitergehen, und stille Gesetze geboten, über gewisse Dinge einen Mantel des Schweigens zu breiten.

Ich war einer aus der Familie, ein Freund des Hauses, der einfach hereinschneien, den Kühlschrank öffnen und sich auf die Couch fläzen konnte, um in einem Band aus der Bibliothek des Senators zu schmökern. Manchmal, wenn wir Lehrbücher der Medizin und Lexika der Anatomie wälzten, erschien auch Marielita, Horacios Schwester, eine dreizehnjährige Teenagerin, die damals und zum Glück nur kurze Zeit versuchte, die Möglichkeit einer geheimen Liebschaft mit dem Kommilitonen ihres Bruders auszuloten.

An einem dieser Nachmittage, da die Stunden bisweilen aufgehoben scheinen, mit langen Siestas und verdrängter Hitze, hörte ich aus dem ehemaligen Schlafzimmer ihrer Eltern Marielitas Stimme. Ich lief nachsehen. »Was ist los?«, fragte ich. »Ein schwarzer Schmetterling«, antwortete sie. »Die machen mir eine Heidenangst.«

Sie war in Shorts und trug eine nabelfreie Bluse.

Ich war gekommen, um mit Horacio zu pauken, und nun lag Marielita vor mir im Ehebett. Sie sah immer noch erschrocken aus. »Fühl mein Herz«, und sie fasste meine rechte Hand, zog sie an ihre Brust. Zarte Knospen. Ich spürte ihren Herzschlag. Sie liess meine Hand wieder los. Ich beugte mich hinab, um sie zu küssen. Sie schloss die Augen. Stiess mich weg, sprang empor und stürzte auf die Terrasse. Von dort schaute sie über den Fluss. Ich ging, ohne Adios zu sagen, ohne auf Horacio zu warten.

Als ich tags darauf wieder kam, nahm Marielita die Augen nicht mehr von mir. Begierig sah sie mich an, lächelte schelmisch und mit gespielter Verlegenheit. Von nun an benützte ich die Abwesenheiten meines Freundes – möglicherweise auch das Einverständnis Celestes – und suchte einen Vorwand, um mit ihr allein zu sein. Ich küsste sie immer wieder, berührte sie, erregte sie. Wie aus Scham über ihre Neckereien lief sie auf die Terrasse oder schloss sich im Badezimmer ein. Jetzt, wo ich zurückdenke, merke ich, dass es nicht durchgehend so war. Die Erinnerung vervielfacht die Begegnungen, schwelgt in den heraufbeschworenen Zärtlichkeiten und Küssen. Und Marielita beteuerte, mich zu lieben. Nach einer Woche fragte sie, ob ich ihr Novio sei. Ich sagte Ja.

Zugegeben, ich schürte das Feuer; ihr Begehren liess mich nicht gleichgültig, es nährte meine Eitelkeit. Aber meine Mutter, die Niña Lola, ermahnte mich mit ungewohnter Strenge: Ich solle mich hüten, nach der Tochter von Senator Maldonado zu schielen! Sie wusste bereits, dass ich zu ihr ging und keine Gelegenheit ausliess, um mit ihr allein zu sein. Halb lachend fragte ich, warum ich mich hüten solle, und es kam die vielleicht grimmige und lapidare Antwort: Darum. Darum.

Ich gehorchte.

Nach und nach entwand ich mich Marielitas adoleszenten Fallstricken, entzog mich ihrem Begehren, widerstand. Gut möglich, dass ich die Reaktion des Senators fürchtete, auch die Konsequenzen, die unsere Schäkereien für meine Freundschaft mit Horacio haben könnten. Zudem ermahnte mich meine Mutter mit geradezu übertriebenem Nachdruck. Wenn ihr etwas Panik bereitete, so die Vorstellung, den Senator zu enttäuschen, seine Obhut, seinen Schutz zu verlieren. Mir schien damals – und ich sehe es heute noch so, doch vielleicht ist es nur eine verkappte Rechtfertigung –, als würde ein Fehltritt meinerseits, ein kurzer Schmerz, den ich der Tochter von Nicolás Maldonado aus nichtigem Grund zufügte, Folgen für meine familiäre Geborgenheit nach sich ziehen. Ganz zu schweigen, dass Marielita minderjährig war und ich ein gestandener Student der Medizin, der dem Senator unermesslichen Dank schuldete.

Also verbot ich mir jedes Verhältnis mit Horacios Schwester, und ich sollte es nie bereuen. Es war nur richtig. Meiner Mutter gehorchen, nicht den Zorn des Senators provozieren. Marielita war meine Schwester, nicht mehr. So wollte ich es mir einreden. Auch ich war des Senators Sohn, Horacios Bruder. Vielleicht kam mein Entschluss aus diesem Mangel an Courage, um den ich immer gewusst habe und den ich manchmal mit beruflicher Geschäftigkeit zu kaschieren suche.

Auf Horacios Hochzeit setzte ich mich in Marielitas unmittelbare Nähe. In ihrem Blick lag noch eine Spur Begehren, als wäre ich ihr ein Glücksversprechen schuldig geblieben.

Marielita. Die Verkleinerungsform sollte sie zeitlebens begleiten.

Sie war hager, dürr, ein Gespinst aus Knochen. Ihre Wirbelsäule mutete an wie ein Steinpfad. Das Gesicht länglich, das Haar schwarz und meist kurz, die Brüste klein. Sie mochte Tiere, vor allem Katzen, sie verstand sich mit ihnen. Es hiess, sie sei ganz die Mutter. Ein Blick auf das Hochzeitsfoto des Senators, das über dem Ehebett hing, genügte als Bestätigung.

Meine Mutter klärte mich über die Ursache ihrer Trübsal auf. Mariela Hadad, die Gattin des Senators, war bei der Entbindung ihrer Tochter ums Leben gekommen. Die Niña Lola sagte ›Niederkunft‹, ein heute ungebräuchlicher, für meinen Geschmack aber sehr schöner Ausdruck. Er findet sich im Wörterbuch und ist hierorts noch recht gängig. Fest steht, dass Marielitas Geburtstag zugleich der Todestag ihrer Mutter war. Sie erfuhr es in der Nonnenschule, als eine Mitschülerin einen Streit mit dem Satz abschnitt: »Halt's Maul, du Muttermörderin!« Marielita war gerade mal neun. Ihren Geburtstag hat sie seither nicht mehr gefeiert. Sie wurde menschenscheu, eigenbrötlerisch, eine Freundin der Tiere und Pflanzen. Nach dem fünfzehnten Lebensjahr gingen ihre Hüften in die Breite, und ihre Knochen schienen sich unter dem Fleisch zu festigen.

In der Schule hatte Marielita eine einzige Freundin, Astrid Bonivento, Horacios spätere Frau und Mutter seiner beiden Kinder.

Als mich die Idee zu diesem Buch allmählich in Beschlag nahm, es ist einige Zeit her, wollte ich Marielita zur Erzählerin der hier verhandelten Geschehnisse machen. Ich sah sie vor mir in Bogotá, in der Wohnung, in der ich sie an einem Abend besucht hatte, sah, wie sie über ihren Vater und wohl noch mehr über ihren Bruder schrieb, wie sie in den Regen schaute, in das graue Gewölk oder das Licht, das sich über die Dächer breitete, die Sonne als vages Versprechen hinter verhangenem Himmel. Sie schrieb an einer anderen Chronik, vielleicht an einem Roman, um dasselbe Geheimnis wie ich zu enträtseln.

Nach jener Begegnung in Bogotá gingen Marielita und ich eine sporadische Korrespondenz ein – sie kam mit der Zeit zum Erliegen –, als sei das, worüber wir vielleicht aus Scham oder Scheu nicht sprechen konnten, über E-Mail oder SMS leichter mitzuteilen. Können wir unser Gesicht verbergen, sind wir den anderen gegenüber offener und kehren nach aussen, was im Inneren unseres Herzens ätzt, die tiefe, sich nie schliessende Wunde.

Nicht ich gab ihr Nachricht von der plötzlichen Erkrankung ihres Vaters. Ich erinnere mich genau: Aus San Martín de los Campanos kommend, wo ich eine meiner schönsten Nächte verbracht hatte, überquerte ich den Fluss und begab mich auf schnellstem Weg ins Spital, wissend, dass ich es mir nie verzeihen würde, wenn der Senator Nicolás Maldonado in meiner Abwesenheit sterben sollte.

Dort, auf der Intensivstation, fand ich Marielita vor, die soeben aus Bogotá eingetroffen war. Ich stand hinter ihr und hörte sie ihren sterbenden Vater fragen: »Hast Du ihn töten lassen, Papa? Warst du es, der Horacios Tod in Auftrag gegeben hat, warst du es, Papa? So rede endlich …«

Es ist dieselbe Frage, die ich mir in diesem Buch stelle. Und vielleicht war der Senator der Einzige, der sie beantworten konnte.

II

Auch in seiner langen Agonie blieb Nicolás Maldonado der robuste Mann mit dem kleinen, vielleicht ironischen Lächeln auf den Lippen. »Der Senator ist eine Eiche«, sagte eine Krankenschwester zu Marielita, die dem Sterbenden die Stirn streichelte. In der Tat. Mehr als ein Sterblicher nahm er sich wie ein Schwerefeld aus, eine das Leben der Bewohner von Puerto E. ordnende Gravitationskraft. Im Nu entblösste sein Blick die Menschen bis ins tiefste Innere. Man konnte erahnen, wie dieser mächtige Körper unter dem weissen Laken mit dem Tod rang.

Ich fürchtete und verehrte ihn wie alle im Städtchen. Gross, an Unterwerfung grenzend war der Respekt, den man mir eingeprägt hatte.

Die Niña Lola, alleinerziehende Mutter, fristete ihr Dasein von den Erträgen eines Spielzeugladens, der sich an einer Ecke der Calle de la Logia befand. Nach meinem Sekundarabschluss übernahm der Senator nicht nur die Kosten für mein Studium, er verschaffte der Niña Lola auch ein ›Pöstchen‹ (ich wehre mich gegen ›Pfründe‹) in einer Aussenstelle der Gemeinde. So bezog sie dank Nicolás Maldonado das Gehalt einer öffentlich Bediensteten, ohne je ein Amtszimmer betreten zu haben. Sie erhält nach wie vor ihre bescheidene Rente.

Meine Mutter schloss ihren Spielzeugladen auf und verkaufte zwei, drei Kinkerlitzchen, aber mein Schulgeld und die Miete dieses Hauses mit Eckbalkon wurden aus jenen öffentlichen Bezügen bestritten. Dieser korruptionsgeborenen Freigebigkeit schulde ich meine gesamte Ausbildung. Ja, ich könnte ohne Hemmungen sagen: Alles, was ich bin, schulde ich dem Senator.

Aufgrund der Dankbarkeit, die ich heute wie damals für ihn empfinde, werden viele Leser das folgende Porträt als verzerrt und schwerlich objektiv abtun. Dennoch und trotz aller Zweifel, die mich befallen, kann ich es unterschreiben. Ein Mensch ist viele Menschen, und manchmal sticht einer von ihnen die anderen aus, besonders wenn die Widrigkeiten ungekannte Kräfte entfesseln.

In jenen Jugendjahren, als meine Freundschaft mit Horacio blühte, wirkte der Senator wie ein erhabenes Tier auf mich, mit seiner früh ergrauten Löwenmähne, seinem schwellenden Doppelkinn, seinen bedächtigen Bewegungen. Seine ganze Statur, seine Gebärden, sein Blick strahlten eine bestrickende Tatkraft, eine unanfechtbare Autorität aus. Doch hinter dieser Erscheinung war eine alte, anhaltende Traurigkeit zu spüren, und im Städtchen ging die Rede, dass er seine Frau sehr geliebt und ihr Tod ihn verhärmt habe.

Der unbedarfte Leser ist geneigt zu denken, dass es sich bei diesen Provinzkaisern um rohe, brutale und banausische Wesen handelt. Ich bedauere, dieser Auffassung widersprechen zu müssen, wenigstens was Nicolás Maldonado angeht. Der Senator gehörte zu jenen Menschen, die man in der Provinz ›belesen‹ nennt, doch hatten seine Kenntnisse nichts von dem nutzlosen Gepränge, das Autodidakten sich aneignen, sondern trugen durchweg zur Lösung konkreter Alltagsdinge bei oder standen im Dienst seiner Wahlkampfziele.

Als nicht praktizierender Anwalt sprach er recht treffend über Politik, Literatur, Ökonomie und Geschichte. Ich blätterte mich durch seine Bibliothek, die Abhandlungen über Strafrecht, die bürgerlichen Gesetzbücher, die kommentierten Verfassungen, die Werke von Duverger, Beccaria, Augustinus, Kant, Marx und Ricardo, seine Jackson-Klassiker, die Enzyklopädie Salvat, drei dicke Bände zur Geschichte der politischen Ideen, eine Biografie von Rafael Núñez, den er bewunderte, verschiedene Texte zur Geschichte Kolumbiens, verstreute Exemplare des Círculo de Lectores, schön gebundene Romanausgaben des Verlags Aguilar (Dostojewski, Tolstoi, García Lorca, Cervantes, Lope de Vega), eine vorzügliche Edition von *Auf der Suche nach der verlorenen Zeit*, in der ich kreuz und quer las, Ausgaben von *Reader's Digest*, die Magazine *Semana*, *Life*, *Visión* etc. etc.

Ein ums andere Mal trafen Horacio und ich den Senator bei selbstvergessener Lektüre Montaignes, der sokratischen Dialoge oder einfach nur der Sonntagszeitung an. Tauchte in seiner penibel geordneten Bibliothek ein Archie- oder Batman-Heft auf, wurde er ärgerlich. Der Senator schrieb in einigen Regionalzeitungen, und ich darf bemerken, dass sein Stil ein wenig hochtrabend war – womöglich aufgrund dieser Advokatensyntax mit ihren verklausulierten Sätzen –, aber stets durch gläserne Klarheit bestach. Derselbe Ton eignete seinen Redebeiträgen im Kongress, doch waren sie stets wohlgeordnet, sehr gut belegt und von feurigen Aufschwüngen durchsetzt.

Ich lauschte auch seinen Platzreden. Nicolás Maldonado verstand es, die Leute zu packen, die Gemüter zu entflammen, Emotionen zu wecken. Er dosierte die Pausen, die Betonungen, dozierte mit erhobenem Zeigefinger. Darüber hinaus besass er ein beneidenswertes Gedächtnis. Dieses Vermögen geht oft einher mit Penetranz und Blasiertheit. Ich kenne mehr als einen unseligen Kollegen, der sich rühmt, die Hauptstädte Afrikas und die ersten vierzig römischen Kaiser aufsagen zu können. Auch der Anwalt Fabián Angarita, mein guter Freund und erster Leser dieser Seiten, kann nicht widerstehen, Paragraphen des Strafgesetzbuchs zu deklamieren. Beim Senator verhielt es sich anders. Eines Morgens, ich machte gerade mein Praktikum, begegnete er mir im Spital, wo seine Getreuen eine Zusammenkunft mit ihm abhielten. Er begrüsste jeden Arzt und jede Schwester mit Vor- und Nachnamen, erkundigte sich bei allen nach den Kindern, deren Namen und Alter er wusste, spendete einigen Patienten Trost und hatte für andere ein Scherzwort parat. Ich bewunderte ihn.

Der Senator war vom Präsidenten der Republik im Palast empfangen worden, das Foto des Treffens prangte auf den Titelseiten der regionalen Zeitungen. Gut vorstellbar, welchen Eindruck es auf die Bewohner von Puerto E. machte, jahrelang ging es wieder und wieder durch die Provinzgazetten. Wenige Monate später kam der Präsident höchstpersönlich, um die moderne Intensivstation des Gemeindespitals einzuweihen, ein Werk, das der Senator betrieben hatte und auf das er immer stolz sein sollte. Der Besuch besiegelte Nicolás Maldonados Vorherrschaft in der Region, färbte die Popularität des Präsidenten doch auf die väterliche Figur des Senators ab.

In den Klatschecken, im Rathaus, im ganzen Städtchen hiess es, kein Espenblatt rühre sich ohne seinen Segen. Selbst im Spital hütete sich der Direktor, administrative Entscheidungen zu überstürzen, und wiederholte die landauf landab erklingende Litanei: Man muss den Senator fragen, warten wir ab, was der Senator sagt.

Als Horacio ermordet wurde, meinte einer der Polizeibeamten: »Wir müssen den Senator benachrichtigen.«

»Er dürfte es schon erfahren haben«, gab die junge Staatsanwältin zurück.

Doch man denke nicht, dass seine Macht unumschränkt war. Zumindest am Anfang konnte sie es nicht sein. Und auch nicht am Ende seines öffentlichen Wirkens, als er sich zu gewissen Absprachen und Geschäften genötigt sah. Er hatte seine Feinde, beileibe nicht viele und alle zu durchschnittlich für einen Mann seines Formats. Wirklich beunruhigen konnte ihn nur der Anwalt Régulo Benavides, der sich seiner Macht nie beugen wollte. Einst Verbündete, wurden sie mit der Zeit zu erbitterten Kontrahenten. In der politischen Arena ging Maldonado als Sieger hervor.

Jahre hindurch überhäufte ihn Benavides mit Anzeigen wegen Veruntreuung, Kostenmanipulation, Zusammenarbeit mit paramilitärischen Banden. Keine dieser Klagen fruchtete. Gleichwohl flogen, immer in Wahlkampfzeiten, Skandale auf, die man dem Senator zur Last legte. Bei einigen, wie der Ausbesserung inexistenter Strassen und Kaianlagen, war ganz offensichtlich Korruption im Spiel. Die abgezwackten Summen, gelegentlich über zwanzig Milliarden Pesos, flossen an Bauunternehmer, Ingenieure, Departamentalräte, Gemeinderäte, Bürgermeister und Wahlhelfer Maldonados.

Régulo Benavides, ein Mann mit geschliffenem Geist, war mehr von Missgunst als von hehren Motiven getrieben. Äusserst nachtragend, vergiftete ihm ein entlegener, erzener Groll die Seele. Man munkelte, er sei der erste Freund von Mariela Hadad, der Gattin des Senators, gewesen, und dieser habe sie ihm ausgespannt. Aber das schien ein nicht hinreichender Grund, um den Rivalen derart rachsüchtig zu stimmen. Anderen Gerüchten zufolge sollen vom Senator beauftragte Anwälte Benavides vor Gericht in die Knie gezwungen und den Besitz der Familie Maldonado an ausgedehnten Ländereien, die Campesinos gehörten, durch die erwirkten Urteile rechtlich abgesichert haben. Doña Verónica, die Schwester des Senators, zählt tatsächlich zu den massgeblichen Grossgrundbesitzerinnen der Region.

Benavides wurmte der Erfolg (und vielleicht die Straflosigkeit) seines Widersachers. Seine politische Karriere als bescheidener Departamentalrat der Liberalen war von der Kühnheit eines energischen Mannes begraben worden, der keine Gefahr scheute und sich für eine Handvoll Stimmen in elende Einöden begab. So tief wollte Benavides nie sinken.

Mir fiel es zu, Benavides an seinem Sterbebett zu begleiten. Ein unerbittlicher Krebs zerfrass ihm die Eingeweide, aber in seinen letzten Tagen war er klar bei Verstand und sogar guter Dinge. In einer dieser einsamen Nächte, ich hatte Dienst, nahm Benavides meine Hand und verkündete mit Galgenhumor:

»Doktor Cuesta, wenn ich heutnacht abtrete, erscheine ich Ihnen morgen als Geist.«

Ich lächelte.

»Glauben Sie an Gespenster, Docto?

Ich verneinte.

Dann, in unverhoffter Wendung, brachte er das Gespräch auf den Senator Maldonado.

»Er ist ein niederträchtiger Kerl, imstande, einen Mord anzustiften und danach Blumen auf des Opfers Grab zu legen, Sie sollten es wissen.«

Unter der Anstrengung des Satzes verfiel er in einen trockenen Husten, der ihm den Atem raubte. Während er sprach, hatte er noch mit dem Zeigefinger auf meine Brust getippt, wie um zu betonen, wem sein Ausspruch galt.

Er starb wenige Tage danach. Benavides war keine siebenundsechzig geworden. Ich bedauerte, nicht sein Freund gewesen zu sein, nie ein längeres Gespräch mit ihm geführt zu haben. Es wäre mir für dieses Buch zugutegekommen, denn er hätte mir eine andere Version der Geschehnisse erzählt. Tote aber reden nicht.

Um die Wahrheit zu sagen, hatte ich Benavides zu Lebzeiten nie als angenehm empfunden. In seiner Haltung steckte viel verbitterter Hochmut, als würde ihm die Welt etwas schulden. Darum fand ich mich immer mit dem Etikett ab, das ihm ein Kollege verpasste: ein Frustbinkel sei er, nicht mehr. Aus Bequemlichkeit oder mangels Scharfblick neigt der Mensch dazu, seine Mitmenschen festzunageln, ihnen eine ultimative, meist unpräzise Eigenschaft anzuhängen. Ich hatte mich, wie gesagt, mit dem Attribut abgefunden. Mein Gedächtnis aber behielt den Satz, den der Anwalt vor seinem Tod sprach. Ich sollte lange brauchen, ihn zu verstehen.

Der Senator hatte seine politischen Bastionen. Sein langer Arm reichte bis in die letzten Dörfer der Region, und überall mimte er den Herrscher ohne Fehl und Tadel. Mithilfe von Strohmännern zog er in allen Wirtschaftszweigen die Fäden, Wettspiel, öffentliche Aufträge und interkommunale Busnetze nicht ausgenommen. Sein Paradewerk aber war das Spital San Juan de Dios, an ihm hing er mit Leib und Seele und wachte darüber mit einem Eifer, den er anderen Einrichtungen versagte. Im Spital hatte er zudem einen Verbündeten, seinen Gevatter Doktor Alfredo Cárcamo, altgedienter Herzspezialist, Taufpate von Horacio und anerkannte Koryphäe seines Fachs.

Horacio und ich waren Schüler von Doktor Cárcamo, und wir stellten fest, dass er vertrauter und umgänglicher war als der imposante Senator. Berühmt für seine blütenweissen Guayaberas, seine zweideutigen Witze und sein klinisches Gespür, das es ihm erlaubte, Krankheiten ohne Laboranalysen zu diagnostizieren, war er auch der Erste gewesen, der ärztliche Missionen in die Uferdörfer unternahm. Er hatte dazumal gegen die Ley 100, das Gesundheitsreformgesetz, opponiert, das, wie er unkte, der standesgerechten Ausübung des Arztberufs ein Ende bereiten würde. Letztlich musste er sich fügen, auch wenn er nie aufhörte, gegen die bürokratischen Eingriffe zu wettern.

Als Doktor Cárcamo den Jungarzt Horacio Maldonado anhielt, sich öfter zu rasieren, die Haare zu schneiden und seine verstaubten Hippiearmbänder abzulegen, gehorchte mein Freund unverzüglich. Hätte sein Vater es verlangt, hätte Horacio aufbegehrt. Auch ich wurde von Doktor Cárcamo freundlich ermahnt, mein Äusseres besser zu pflegen und in den Pausen nicht Kaugummi zu kauen, das schicke sich nicht für einen Arzt. Zumindest in jenen Lehrjahren schätzte Horacio ihn mehr als seinen Vater.

Der Senator hatte in der Tat ein kühles Wesen und knauserte bei seinen Kindern mit Gesten der Zuneigung. Horacio und Marielita wuchsen in der Obhut Tante Miriams, Celeste Arrietas, Emilces und anderer Frauen auf, die dem Senator den Haushalt führten. Hie und da strich er Marielita über den Kopf oder setzte sie auf seinen Schoss. Er tat es mit unverkennbarer Mühe und sichtlichem Ungeschick, als sei das Bezeugen von Herzlichkeit eine Schwäche, die er sich verwehren musste.

Seinen Kindern war er ein Gespenst. Nicolás Maldonado reiste häufig nach Bogotá, wo er seiner parlamentarischen Arbeit nachging. Kam er nach Puerto E., machte er sich sogleich auf den Weg in Nachbarorte, in ferne Weiler oder nahe Kommunen, um seine Wählerschaft zu füttern.

Noch war das möglich.

Später geriet es zur Lotterie, zu einer Art russischem Roulette, einem makabren Spiel namens ›wunderbarer Fischfang‹. Wer sich auf die Landstrasse begab, riskierte es, einer Guerillagruppe in die Hände zu fallen. Zu bestimmten Tageszeiten, besonders ab vier Uhr nachmittags, errichteten Trupps tarngekleideter und gewehrbewaffneter Halbwüchsiger Strassensperren im Umkreis der Montes de María, inzwischen eine Hochburg der Aufständischen. Gar noch schlimmer war die Lage auf dem Fluss. Schaluppen wurden angehalten und gekapert, und wer Passagiere, Lebensmittel und sonstige Güter verschiffen wollte, musste monatlich Schutzgeld, *vacuna* genannt, an die Rebellenkommandanten abführen, zur Unterstützung des sogenannten revolutionären Kampfes.

Es war der Krieg, der Schritt um Schritt näherrückte, Puerto E. einkesselte, in der Umgebung aufflammte und eine wachsende Zahl an Entführungen und Morden nach sich zog, begangen an Latifundisten, die sich weigerten, das Schutzgeld zu zahlen. Und es war ein Krieg, in dem nicht oder nur in geringem Masse die Kämpfenden starben: Die Mehrheit der Opfer waren unbewaffnete Campesinos, einfache Leute, Zivilbevölkerung, wie mein Freund Fabián Angarita, nie um einen Kommentar verlegen, die Sache zu benennen weiss.

»Bündelung der Kampfformen nennt man das«, setzt er bedrückt hinzu, um sich sogleich in politischen Spekulationen auszulassen, denen zuzustimmen ich nicht gewillt bin.

Wie auch immer, die Barbarei übertraf sich selbst. Doch das Leben musste weitergehen. Wir hatten uns mit den neuen Gegebenheiten abzufinden, hatten uns mit der Bedrohung und dem Terror zu arrangieren. Es wurden sogar Witze gemacht. Ich erinnere mich noch an einen: Es ist Freitag. Ein reicher Geschäftsmann geht in den Puff. Er bleibt drei Nächte. Montag früh ruft er seine Frau an und sagt: »Liebling, zahl das Lösegeld nicht, ich bin den Entführern entkommen.«

Humor des Volkes in Zeiten des Schreckens. Die Leute hier leiden, sagte Horacio, aber sie sind nie traurig. Wer weiss, ob er Recht hatte. In der Notaufnahme haben wir gemeinsam ihre Leichen entgegengenommen, Campesinos, massakriert von allen Kriegsparteien, Männer wie Frauen, ganze Familien, halbwüchsige Soldaten, von Tretminen zerfetzte Kinder … Leider würde man all diese Toten vergessen, war sich mein Freund sicher, denn sie hätten keinen Namen, nicht einmal ein Kreuz, keine liebe Erinnerung würde auf sie fallen, und das Leben würde seinen Gang gehen wie der Fluss, der nach dem Regen in sein Bett zurückflutet.

Ich aber habe Horacios Tod nicht vergessen. Und darum schreibe ich, schreibe, um sein Andenken zu retten, als sei er nicht ein Toter mehr, sondern mein Toter, den das Leben mir hinterlassen hat. Abends, wenn ich mich aus meinem Arztalltag zurückziehe und diese Zeilen hinschreibe, frage ich mich: Wer hat ihn getötet? Wer hat den Auftrag gegeben? Jede Wahrheit, wie schrecklich sie auch sein mag, wird weniger schmerzen als diese Ungewissheit.

Noch in Träumen spüre ich Horacio nach, suche eine Begegnung herbeizuführen in der freudigen Erwartung, dass er meine Fragen aus dem Jenseits beantwortet. Manchmal sehe ich ihn mit dem Rücken zu mir, er schaut auf die Lagune, durch die wir einmal gefahren sind. Ich trete näher und lege die Hand auf seine Schulter. Bevor er sich umdreht, erlischt das Bild.

Das Porträt des Senators bliebe unvollständig, würde ich Verónica Maldonado, seine Schwester, nicht erwähnen.

Einmal, anfangs der Dezemberferien, kam Horacio in den Spielzeugladen meiner Mutter und sagte zu ihr, sie solle mich auf die Finca mitkommen lassen, wir würden reiten und im Pool baden. Die Niña Lola, sonst zögerlich und überbehütend, erteilte ohne Umschweife die Erlaubnis, vielleicht von den Vorteilen verlockt, die ihr Sohn aus dieser Freundschaft ziehen konnte. Natürlich war Horacio auch auf eigene Interessen bedacht: Im Laden gab es Spielzeug, das ihm gefiel, und hin und wieder nahm er sich welches, ohne zu bezahlen. Meine Mutter bat ihn nicht zur Kasse. So schlug mein Freund aus dem Laden weit grösseren Nutzen als ich. Mir verbot die Niña Lola sogar, bestimmte Dinge anzufassen, weil sie zerbrechlich seien und ich sie kaputtmachen könnte.

Fest steht, dass ich mit Horacio viele herrliche Wochenenden auf der Finca verbracht habe, sosehr ich auch manchmal, wenn der Senator und seine Schwester dabei waren, die Angst nicht loswurde, früher oder später gegen die Umgangsformen zu verstossen.

Bevor wir dorthin aufbrachen, mussten wir bei einer Gelegenheit *Mi Campito*, das Geschäft von Doña Verónica Maldonado, aufsuchen. Die Tante, sagte Horacio, wolle uns Tierarzneien für die Finca mitgeben.

Ich sah die Schwester des Senators nicht zum ersten Mal. Doña Verónica war beleibt, herrschaftlich, trug das Haar gebunden und hatte stets einen Bleistift hinterm Ohr. Sie mochte es, Befehle zu erteilen, Rinder zu impfen, Stuten zu reiten, Tiere zu mästen. Das hatte sie von ihrem Vater gelernt, einem hartgesottenen Viehhändler der Region, halb

Analphabet und Begründer von Agrarmessen, Stierkampf- und Patronatsfesten. Aus entlegenen Dörfern kamen die Campesinos, um sich bei ihr Rat zu holen. Sie beschrieben die Krankheiten der Tiere, und Doña Verónica empfahl und verkaufte das richtige Mittel. An der Flussmole, wenige Häuserblocks von der Kirche, steht *Mi Campito* noch heute, und eine bereits ergraute Verónica Maldonado vertreibt die Tierarzneien mit derselben Schroffheit, derselben finsteren Stirn und rauen, rohen Stimme. Ich bin seit Jahren nicht mehr dort gewesen, aber jetzt erinnere ich mich wieder an den Geruch, die Vecol-Produkte, das Kraftfutter, das Pressfutter, das Vogelfutter, die Hufeisen an der Wand, die Collins-Macheten, den Stacheldraht, die Halfter und Geschirre, den Sattel, der an einem Strick von der Decke hing.

Die Tante Verónica, auch ich nannte sie schliesslich so, hatte im Städtchen ihre Legende, und es war nicht meine Mutter, die sie mir erzählte. Sie habe einer Diebesbande das Handwerk gelegt, die im Begriff war, auf ihrer Finca neun Rinder zu stehlen. Eines Nachts hörte sie Geräusche am Gatter, Stimmen von Männern, die die Korrale aufriegelten. Ohne zweimal zu überlegen, griff die Tante Verónica zu der unter dem Bett verwahrten Flinte, riss das Fenster auf und feuerte in die Dunkelheit. Einer der Diebe brach tot zusammen, die anderen flohen und wurden Wochen später verhaftet. Auf diese Weise erwarb sie den Ruf einer eisernen Frau, die für Getändel und Freier wenig übrighatte.

In früheren Zeiten, als es noch rentabel war, pflanzte die Familie Maldonado Baumwolle an. Horacio zeigte mir die Entkörnungsmaschine, sie hatte infolge des wirtschaftlichen Wandels und Bankrotts der Baumwollpflanzer ihren Zweck eingebüsst. Hinter den Korralen und dem bescheidenen Haus eines Gutsknechts lag eine Art Schuppen. Dort sass die Tante Verónica hinter einem Schreibtisch. Vor ihr aufgereiht warteten zwei Dutzend Pflücker, Frauen, Männer und Kinder, mit ihren vollen Säcken. Die Tante Verónica wog jeden Sack, berechnete den Preis und bezahlte reihum die Tagelöhner. Damals hatte es weder ein Schwimmbecken gegeben, noch war das Haus um zwei Zimmer vergrössert worden.

Nicolás Maldonado begann seine politische Laufbahn lange vor seiner Heirat mit Mariela Hadad, der jüngeren Tochter eines Stoffhändlers namens Abud. Hager, starknasig, mit grossen Augen und grauen Ringen darunter, stets nüchtern gekleidet, war Abud ein guter Kartenspieler und empfing fast jeden Abend andere *Turcos*, um sie zu einer Partie Karten, Schach oder Backgammon zu fordern. Etwas von seiner Erscheinung, besonders der Glanz der Augen, war auf Horacio übergegangen. Der Erzählung meiner Mutter zufolge hatte er in Barranquilla einen Bruder, für den er in den Uferdörfern gegen Provision Stoffe auf Kredit verkaufte. Mit siebenundzwanzig Jahren liess er sich in Puerto E. nieder, machte sich selbständig und heiratete eine Einheimische. Sie errichteten ein Haus mit Eckbalkon und bekamen zwei Töchter: Miriam und Mariela. Nur Monate nachdem er seine Jüngere in die Ehe entlassen hatte, erlag er im Alter von vierundsechzig einem Herzinfarkt.

Miriam übernahm das Geschäft und brachte es zur Blüte, bis sie Doktor Anselmo Ruiz heiratete, den einzigen Augenarzt der Region. Dann, in weiser Voraussicht des Niedergangs von Stoff- und Schnitthandel, veräusserte sie das Geschäft zu einem Spottpreis. Einer ihrer Angestellten war der erwähnte Grimaldo Santoya, ein junger Bursche, der zum Chauffeur und Leibwächter – Faktotum wäre vielleicht das treffendere Wort – der gesamten Familie Maldonado aufstieg.

Grimaldo vergötterte, wie so viele, den Senator und war bemüht, ihm zu gefallen. Er betrachtete ihn als Vater. Ein Gefühl, das ich teilte. Im Übrigen hatten weder er noch ich einen solchen gekannt.

Den einzigen Beleg für meinen Erzeuger lieferte ein unscharfes, zerknicktes Foto, das die Niña Lola mir zu zeigen beliebte und kaum ein Erkennungsmerkmal verriet. Es hatte eher etwas von einem gefälschten Museumsstück. Zu sehen war das knitterige Ganzkörperbild eines Mannes, der hinter einem Korral stand. Die linke Hand ruhte auf dem oberen, das rechte Bein leicht abgewinkelt auf dem unteren Querholm. Man musste angestrengt hinsehen, um die Gesichtszüge zu erkennen. Ich wurde nie schlau aus ihnen.

Jahrelang hat meine Mutter die Sonntagvormittage damit zugebracht, das Grab ihres flüchtigen Geliebten zu besuchen. Wann sie davon abkam, weiss ich nicht. Fest steht, dass ich mit Antritt meines Medizinstudiums diese sonntägliche Routine aufgab. Zum Friedhof war es weit, weiter als zur Schule, die ich mit Horacio besuchte. Die Niña Lola nötigte mich, ein weisses Hemd zu tragen, mit langen Ärmeln und goldenen Manschetten. Verschwitzt erreichte ich das Friedhofstor, das Hemd klebte auf meiner Haut. Der Friedhof war ein Kommen und Gehen von Frauen, sie nahmen die welken Blumen von den Gräbern und stellten frische hin, die sie am Tor erwarben.

Auf einem Grabstein stand der Name meines Vaters, darunter das Geburts- und Sterbedatum, jenes mit einem Sternchen, dieses mit einem Kreuz versehen. Ich suchte Zuflucht im Schatten und hörte meine Mutter drei Vaterunser beten. Einmal sagte sie zu mir, dass er im Himmel sei, und ich glaubte ihr nicht. Ein anderes Mal sagte sie, mein Vater sei nach dem Kentern der Schaluppe im Fluss ertrunken. Ich glaubte ihr wieder nicht, nahm diese Version aber hin, um mich zu beschwichtigen. Und ich gebe sie auch weiter, wenn man mich auf meinen Vater ansprach.

An einem jener Vormittage fragte ich sie, wohl das einzige Mal, wie er gewesen sei, mein Vater, und die Niña Lola, ohne mich anzusehen und die Blumen richtend, antwortete mir: Ein Schlingel war er, wie du.

Sie sagte es mit einem Lächeln, als hätten ihre Worte keine Bedeutung. Es war nicht die Antwort, die ich erwartet hatte. Ich habe nie wieder gefragt. Die Niña Lola wollte mir auch nicht mehr verraten.

Am Ende kaufte sie mir immer einen Saft, der meinen Durst nicht stillte. Wortlos gingen wir nach Hause. Ich suchte den Schatten der Dachvorsprünge und hörte nicht auf zu schwitzen.

III

Ich habe immer gedacht, es würde ein Leichtes sein, diese Geschichte zu schreiben. Es genügte, einen Aufhänger für ein Rätsel zu finden, die Figuren vorzustellen und die Fakten nach herkömmlicher Art so anzuordnen, dass sich eine mehr oder weniger plausible Auflösung ergäbe. Nun aber sehe ich, dass die Sache komplizierter ist. Die Zeit und das Gedächtnis streiten um subtile Dunkelzonen, die zu erhellen mir nicht gelingen will. Ferne Zeugen altern, und mehr als einem ist es lieber, über diese Verbrechen in der Provinz zu schweigen, hat man doch genug mit dem eigenen Leben und seinen Nöten.

Wo fängt alles an? Was ist die Wahrheit und welches ihr Kern? Genügt es etwa zu sagen: An einem dritten Februar wurde Horacio Maldonado, der Sohn des Senators, ermordet, und zahlreiche Versionen der Tat kamen in Umlauf, auch unwahrscheinliche, doch nicht gänzlich abwegige?

Ich werde versuchen, den Fluss hinaufzufahren, wie Horacio es tat, um dieses Gewirr zu entflechten, obwohl ich von vornherein weiss, dass die Namhaftmachung des Urübels nur scheitern kann. Wir können uns diesem nur annähern, es umkreisen, umschnuppern und das Weite suchen, wie ein Raubtier, das von der Beute ablässt. »Wir leiden unter den Folgen und können die Ursache nicht einmal nachzeichnen; somit bleibt der Irrtum im Dunkeln«, habe ich in einem karibischen Roman gelesen. Die Aussage wird einem namhaften Filmregisseur zugeschrieben und steht in einem meiner Merkbücher. Wenn ich dem Befund auch zustimme, will ich von einem minimalen Kontext, einer vielleicht selbstauferlegten Grenze, dennoch nicht absehen, gilt es doch, Horacios Tod einzuordnen, und sei es nur in einer Geschichte von Krieg und Vergeltung.

Und dennoch: Jetzt, da ich diese Zeilen schreibe, muss ich erkennen, dass mein Vorsatz so löblich wie blauäugig ist: Die Aufzählung gewisser Verbrechen ist zwar schön und gut, aber im gegenständlichen Fall liegt Abgründigeres, Abartigeres vor, das den schlichten historischen Rahmen sprengt, Elementares, das sich mit einer simplen Chronologie der Ereignisse nicht erfassen lässt. Wir glauben an den Schein von Ursache und Wirkung, an die vorhersehbare Verkettung der Geschehnisse, und in Wahrheit ist es das Unerklärliche, das uns allemal eine Niederlage bereitet.

Ich erfinde nichts, es wäre müssig.

Ich drehe mich im Kreis, denke in Spiralen, die sich nach oben schrauben und zum Anfang zurückkehren, halte belanglos scheinende Umstände fest, sehe Zeitungen, Fotos durch, trage diverse Gräueltaten zusammen, notiere Datum um Datum und klopfe immer wieder an das bereits nachlassende Gedächtnis meiner Mutter, an die Erinnerungen von Celeste, von Marielita, wende mich an viele andere, die das Gestern kannten, und einmal, einmal nur, in Cartagena, an Graciela Barrios, die nun auch unter dem Namen Doktor Green in Erscheinung tritt.

Es gibt eine Zeit, in der wir heranwachsen, ohne Fragen nach unserer Vergangenheit zu stellen, sie kümmert uns wenig. Später wollen wir unsere Wurzeln freilegen, die Prägung, das Geheimnis, das uns ausmacht, aber da ist keiner mehr, den wir fragen könnten. Oder das Gedächtnis schwindet, wie im Fall meiner Mutter, die Erinnerung zerstäubt zu Nebel, erstarrt zu Milchglas. Als würde die Natur eine Mauer der Gleichgültigkeit um unsere halsreckende Neugier errichten.

Kurz nach Horacios Hochzeit, wir waren bereits Stationsärzte im Spital San Juan de Dios, hatte der Senator

Nicolás Maldonado die Ermordung zweier Gefolgsleute zu beklagen. Der eine war der Bürgermeister von Elletén, einer Flussanrainergemeinde und Wählerhochburg des Senators, der andere ein junger, elanvoller Gemeinderat, Absolvent einer renommierten Universität von Bogotá, der auf offener Landstrasse entführt und wenige Tage später ermordet wurde. Über die Täterschaft gab es nicht den Schatten eines Zweifels. Die fast allgegenwärtigen Guerillagruppen, deren Anschläge sich mehrten, hatten sie exekutiert.

Wahlen standen an, die Wände waren gepflastert mit Plakaten, auf Bannern, Tafeln und Spruchbändern prangte der Namen des Senators. Wahlkalkulatorisch – ich muss es vermerken, auch auf die Gefahr hin, als pietätlos gebrandmarkt zu werden – schlugen die zwei Mordopfer für Nicolás Maldonado mit einem Plus von dreitausendfünfhundert Stimmen zu Buche. Eine nicht unbeachtliche Zahl.

Fest steht, dass der Senator sein Mandat wahrte und bei seinem ersten parlamentarischen Auftritt die Bedrohung durch die Guerilla und die Untätigkeit der Zentralregierung geisselte, die nicht in der Lage sei, ihr Einhalt zu gebieten. In einer langen, denkwürdigen und von den Regionalsendern übertragenen Rede prophezeite er, dass Puerto E. in Bälde zwei Guerillafronten ausgeliefert sein werde: einer, die bereits die Uferdörfer im Süden unter ihre Kontrolle gebracht habe, und einer, die im Norden, in den Savannen und den Montes de María, operiere. Ohne schützende Sicherheitskräfte und angesichts einer verzagten Armee sei die Übernahme des Städtchens nur noch eine Frage der Zeit, schlussfolgerte der Senator.

Gern würde ich behaupten, dass es die erwähnten Morde waren, die den tragischen Kreislauf des Todes in Gang setzten, von dem Puerto E. nun erfasst wurde. Doch ich könnte es nicht verbürgen. Mein guter Freund Fabio

Angarita hat andere Theorien. Er rät mir, in die Zeit der Violencia zurückzugehen – die immer grossgeschrieben wird –, als Liberale und Konservative einander mit Blei und Stahl hinmetzelten; oder mich wenigstens für die Bauernunruhen der siebziger Jahre zu interessieren, die mit Beteiligung von Politikern, Viehzüchtern und Latifundisten der Region blutigst niedergeschlagen wurden. Ich halte dagegen, dass ich weder eine historische noch eine soziologische Studie beabsichtige, sondern über den Tod meines Freundes Horacio Maldonado schreiben will. »Du solltest tiefer schürfen«, beharrt der Anwalt dennoch und erteilt mir eine Geschichtslektion, bei der er bis zum Krieg der Tausend Tage ausholt. Und wenn Angarita von den Toten spricht, gerät er in Eifer und Rührung.

Tatsache ist, dass nach besagten Morden und der Rede des Senators die Nächte in Puerto E. still, schier gespenstisch wurden. Die Bewohner, von Natur fröhlich und ausgelassen, flüchteten abends vor sieben in ihre Häuser. Keine Menschenseele zeigte sich in den Strassen. Es herrschte eine Art stillschweigende Ausgangssperre. Hie und da zerriss ein Schuss, Echo eines vollzogenen Urteils, die nächtliche Ruhe, und im Morgengrauen wurde die Leiche von den Mördern selbst aufgelesen und in den Fluss oder die Lagune geworfen.

Der Krieg wurde selektiv, fast chirurgisch präzis. Niemand kannte die Kriegsparteien. Es gab keine Heckenschützen, die an Fenstern oder auf dem Kirchturm lauerten. Stattdessen tauchten schwarze Listen auf, gezeichnet von einem selbsternannten Abwehrkomitee für Puerto E. Sie waren weder originell noch typisch für die Region. Überall im Land schossen sogenannte Selbstverteidigungsgruppen wie Unkraut aus dem Boden.

Um Mitternacht fuhren Pick-ups vor, Männer schwangen sich heraus, schmissen Steine, die Fensterglas zum

Bersten brachten und angeknotete Drohbotschaften hinterliessen. Ich habe selbst welche in Händen gehabt, Morddrohungen, die eher früher als später vollstreckt wurden, um dem Ernst der Sache Nachdruck zu verleihen. Es genügte ein Verdacht, eine Bemerkung, ein dahingesagtes Wort, ein schiefer Blick. Im Spital landeten Schussverletzte, Verstümmelte, Tote. Wochenlang gellte die Sirene des einzigen Ambulanzwagens des Städtchens durch die frühen Morgenstunden. Bewaffnete fielen in abgelegene Viertel ein, fahndeten nach Verdächtigen, warnten Ladeninhaber, ermordeten an den Strassenecken junge Menschen, deren einziges Delikt darin bestand, dass sie die Ausgangssperre nicht eingehalten hatten.

Und die Schläge unten, an das Gitter meines Hauses, wollten nach Mitternacht nicht abreissen, egal, welche Ängste meine Mutter ausstand: Doktor Cuesta, Doktor Cuesta, mein Mann ist verwundet. Und dann war nichts zu machen. Es waren angespannte Nächte. Ich hatte Angst, dass bewaffnete Männer bei mir zu Hause oder im Spital auftauchen und mich nötigen könnten, den einen oder anderen Verletzten sterben zu lassen, weil er als Helfer der Guerilla galt.

Doch nichts soll verschwiegen werden: Die Männer vom Komitee stoppten den Vormarsch der hierorts tätigen Aufständischen. In stillem Einvernehmen fanden die Kriegsparteien offenbar ein makabres Gleichgewicht, das ihnen die Kontrolle über die jeweiligen Gebiete und die damit verbundenen Geschäfte sicherte. Und die Bewohnerinnen und Bewohner von Puerto E. lebten ihre kleinen Leben weiter, vielleicht verschwiegener, ihre Meinung für sich behaltend, fürchtend, dass ein Witz missverstanden werden könnte. Hin und wieder verschärften sich die Kämpfe: ein Hinterhalt gegen einen Armeetrupp, eine Expedition gegen einen Weiler, dessen Siedler der Unterstützung der Guerilla beschuldigt waren, die Ermordung eines Gewerkschafters, der einen Verbannungsbefehl ignorierte.

Es gab auch Monate, in denen die Waffen schwiegen und das Lachen blühte, Monate, in denen man den Geruch der Nächte atmete und der Krieg, unser Krieg, wieder in einem fernen Dort stattfand, in einer anderen Zeit, einer anderen Welt, jenseits von Puerto E. Man konnte Weihnachten feiern, und der lichte, jungfräuliche Januar erneuerte wie immer die Hoffnung auf ein besseres Leben. Zumal in jenen Tagen im Spital San Juan de Dios auch sie eintraf: Doktor Graciela Barrios.

Die junge Ärztin stand unter der wohlwollenden Kuratel von Doktor Cárcamo, in den ersten Monaten logierte sie sogar in seinem Haus. Ihre Präsenz hatte für Horacio und mich etwas Verstörendes. Sie weckte natürliche Begierden, die wir heimlich teilten und manchmal überschwänglich kommentierten. Die Natur war zu Graciela Barrios grosszügig gewesen. Um es mit Horacios Worten zu sagen: Sie war richtig scharf. Eine knackige Braune mit grossen schwarzen Augen, gebürtig aus Santa Ana, auf der anderen Flussseite. Sie hatte das Haar einer India, pechschwarz und vielleicht ein Stück zu lang für die Mode der Zeit. An Hitzetagen steckte sie es zu einem Knoten auf, der ihren Kopf buchstäblich krönte, und wenn sie dabei unschuldig die Arme hob und, eine Haarnadel zwischen den Lippen, die Achselhöhlen den Blicken preisgab, verströmte sie ein so weibliches, so vegetales Aroma, als berge ihr Körper eine geheimnisvolle Wildnis. Graciela Barrios hatte an der Universidad Nacional Medizin studiert und strotzte vor Verlangen, sich die Welt in die Tasche zu stecken und keine Minute ihrer Ausbildung ungenutzt zu lassen, als ginge es um ihr Leben.

Horacio war ihr Lehrer, aber auch ihr Schüler. Sie war in dieser Provinzstadt die Erste, die von Alternativmedizin und Homöopathie sprach, eine Chimäre, die mich dazumal angezogen hat, deren Unwirksamkeit ich jedoch im Laufe der Zeit einsehen musste. Jahre später, als ich begann, den Schleier von Horacios Tod zu lüften, sollte ich ihr just auf einem Kongress für traditionelle Heilkunde wiederbegegnen.

Es dauerte nicht lange, bis Graciela Barrios den gesamten Ärztekörper betört hatte. Alle erlagen wir ihrem Charisma. Und sie, wie auch nicht, fühlte sich zu Horacio Maldonado hingezogen, dem Sohn des Senators. Sie begannen, einander in den Nachtdiensten heimlich zu suchen, legten diese zusammen, um Begegnungen zu ermöglichen. Ich war der anfängliche Komplize dieser Liebschaft und gab mich entgegen den strikten Anordnungen von Doktor Cárcamo zum Diensttausch her. Unmöglich zu verhindern, dass die Funken flogen.

Die erste Fahrt, die erste der ärztlichen Missionen, auf die ich Horacio begleitet habe, fand während einer Impfkampagne gegen Polio, Pocken und Masern statt. Mein Freund, Doktor Barrios, eine Hilfsschwester und ich schipperten in verlassene Einöden, wohin vorher nur die Wahlfeldzüge des Senators Maldonado gelangt waren. Die Sonne glühte in spröde, staubdurchflimmerte Luft. Ich hatte mich nicht vorgesehen, trug weder einen Strohhut noch ein langärmeliges Hemd und musste auf dem Boot, das kein Verdeck hatte, ein Taschentuch über den Kopf breiten, mit dem ich wie ein Kranker aussah. Sonnenverbrannt kam ich an. Graciela schmunzelte über meine zarte Haut.

Mädchen, abgemagert und schwanger, harrten am Ufer. Kinder mit gelblicher Haut äugten scheel, vielleicht bange herüber, die Hand an die Stirn gelegt, um sich gegen die

Lichtspiegelungen zu schirmen. Auch Mütter waren da, mit ihren Säuglingen im Arm. Sie freuten sich am allermeisten über unseren Besuch. Man müsse ein Huhn schlachten, sagte eine der Frauen, man müsse aufkochen für diese Herrschaften.

Ein tarngekleideter Junge mit Gewehr am Rücken führte uns in einen verfallenen Saal, der als Dorfschule diente. Dieser Guerillero war unser Geleitschutz, er handelte auf Befehl eines ominösen Kommandanten, der sich mit dem Bürgermeister und den Polizeibehörden über unsere Mission verständigt hatte. *Hola, compañero*, begrüsste Graciela ihn frappierend leger. Der Junge lächelte. So impften wir in mehreren Weilern und Ortschaften an die hundertfünfzig Kinder.

Es folgten weitere Fahrten. Jede zweite Woche brachen Horacio und Graciela in Gegenden auf, die hinter Mompox und Elletén, hinter San Martín de los Campanos und Santa Julia lagen, drangen in abgeschiedene Einöden vor, wo noch Kaimane hausten und man sich Legenden vom Mohán, dem Gott der Gewässer, erzählte. Über ein Jahr lang führten sie ihre Streifzüge fort.

Ich bin noch ein paar Mal mitgefahren. Schnell wurde mir klar, dass die Landbewohner in ihrem Bann standen und die zwei einem messianischen Rausch frönten. Umlagert von siechen Kindern, setzten sie alles daran, die Welt geradezurichten, um einander danach, in den Nächten, zu suchen wie Geliebte auf der Flucht.

An einem Montag begegnete ich Horacio auf dem Spitalskorridor. Wir gingen einen Kaffee trinken, und da sagte er zu mir, dass er seine wahre Berufung gefunden habe: die medizinische Versorgung zu den Bedürftigsten zu bringen. Graciela Barrios habe ihm diese Welt erschlossen.

Wie viele Spitalskollegen dachte auch ich, dass das Ärztepaar nun einen guten Vorwand hätte, seine Liebschaft auszuleben, abseits des Geredes der Leute und der Gleichgültigkeit von Astrid Bonivento, die in ihrer Mutterrolle aufging.

Das hartnäckige Begehren speiste ihrer beider Lebensideal. Und umgekehrt. Horacio hatte in Graciela Barrios seinen Daseinsentwurf gefunden, jene komplementäre Ergänzung, der seine Frau nicht annähernd entsprach. Und Astrid, ob gleichgültig oder schicksalsergeben, keiner weiss es, stellte sich unwissend und blockte ab, wenn eine Freundin das Thema berührte. Die zwei Knaben füllten ihr Leben aus. Gemeinsam mit dem Grossvater fing Astrid an, sie zu verhätscheln. Dabei hatte sich Horacio gewünscht, dass seine Kinder Künstler werden, wie er mir einmal, lange bevor er sie zeugte, offenbarte. Und bekäme er eine Tochter, eine nur, solle eine Tänzerin aus ihr werden. Doch ich fürchte, ich schweife schon wieder ab.

Nachdem Graciela Barrios ihr Landjahr beendet hatte, liess sie sich als Ärztin in Santa Ana nieder, nur zweieinhalb Bootsstunden von Puerto E. entfernt. Sie organisierte weiterhin ärztliche Missionen im ganzen Gebiet. Ebenso Horacio. Er dachte sich Kampagnen gegen Masern und Denguefieber aus, damit er den Fluss überqueren und bei ihr sein konnte. Sie suchten einander nach wie vor, vielleicht weniger oft und vielleicht auch mit weniger Feuer.

Alles schien zu enden, als Graciela ihr Dorf verliess. Gegen sie und ihre Familie waren Drohungen laut geworden, ein Kollege warnte sie vor der zunehmenden Gefahr, in der ihr Leben und das ihrer beiden Nichten schwebte. Daraufhin überredete Doktor Cárcamo sie zu einer Fortbildung in Barranquilla. Horacio hingegen wurde zum höchstgeschätzten Arzt der Region, fand andere Liebschaften und Leidenschaften, war gefeit vor der Gefahr und von allen Kriegsparteien geachtet.

Bis zu dem Tag, da sie ihn töteten.

Nur ein paar Häuserblocks von dem Ort, an dem ich diese Zeilen schreibe, lag seine Leiche. Das Datum werde ich nie vergessen.

Es war der Morgen des dritten Februars 2003. Schwaden von Schiesspulvergeruch waberten noch in der Luft, und die letzten Raketen der Patronatsfeierlichkeiten knallten in einen klaren, wolkenlosen Himmel. Auf dem Fluss dümpelten vier Schaluppen ohne Motor, vertäut am Eisengeländer der Behelfsmole längs der Albarrada, unweit der Stelle, wo Horacio Maldonado seine Armenarztpraxis eingerichtet hatte.

Geschieht ein Verbrechen während eines Kirchenfests, werden unweigerlich die Apokalypse und der Verlust der menschlichen Werte beschworen. Im Nu machen sie die Runde, Ausrufe wie: Nichts mehr ist ihnen heilig! Wie können sie nur! Wo das noch hinführen wird! Die Welt steht am Abgrund! Fällt das Verbrechen obendrein mit einem religiösen Skandal, einer Art Provinzsakrileg zusammen, ist es, als würden sich die schlimmsten Unkenrufe bestätigen.

Es sei ohne Umschweife zusammengefasst: Die jährliche Prozession zu Ehren der heiligen Candelaria, der Patronin von Puerto E., fand in jenem Jahr nicht den gewohnten Abschluss. Die Statue der verehrten Jungfrau kehrte, nachdem man sie durch die Hauptstrassen des Städtchens getragen, nicht in das Gotteshaus zurück, sondern tauchte erst am darauffolgenden Morgen wieder auf, an einer staubigen Böschung vor dem Bordell der altgedienten Puffmutter ›La Pelúa‹, umschart von alkoholisierten Taxifahrern und Prostituierten. Bis über das Spital hinaus hatte ein müder und schwitzender Pater Fídolo die Candelaria begleitet, sich dann aber geweigert, eine steile Strasse hochzulaufen, die später zur Endstation der kommunalen Busse hinunterführt. Offenbar überhörten die Statuenträger seine Anweisung zur Umkehr. Nach einer anderen, glaubhafteren Version sackte Pater Fídolo unter der Dreiuhrsonne zusammen, während die Taxifahrer und Huren der Ohnmacht des Priesters keine Beachtung schenkten.

Es war ein Skandal, der umgehend mit dem Verbrechen an Horacio Maldonado verknüpft und sogar als Erklärung für dieses bemüht wurde. Drei Stunden nach der Tat fanden sich die Vertreter der Obrigkeit ein: Polizeibeamte, ein Gehilfe der Gerichtsmedizin, eine junge Staatsanwältin, alle sichtlich verärgert, an einem von der Tradition als Ruhetag sanktionierten Montag arbeiten zu müssen. Dem Polizeihauptmann, aus dem fernen Rionegro stammend, schien mehr an einem Frühstück mit Arepa gelegen als an der Aufnahme der Ermittlungen. Einer wie ich, den sie morgens um vier aus dem Bett geholt haben, damit er einen Kranken versorgt, kann den Hauptmann bestens verstehen. Als frisch von der Universität entlassener Heilsapostel stellt man den hippokratischen Eid in den von Enthusiasmus beseelten ersten Berufsjahren über alles. Später aber dämpfen Routine und Ermüdung den Tatendrang, und das Schicksal eines Patienten hat weniger Gewicht als ein Schläfchen zu abendlicher Stunde.

Maritza Carrillo, die junge, mit der Leichenschau betraute Staatsanwältin, hatte schnell ein Urteil bei der Hand: Die Guerilla habe dem Senator eine Botschaft übermittelt.

Es widerstrebte mir, diese Interpretation hinzunehmen.

Handelt es sich um ein Verbrechen, so Fabián Angarita, sind die augenscheinlichen Erklärungen stets in Zweifel zu ziehen. Eilfertige Deutungen dieser kolumbianischen Verbrechen sind in der Regel falsch obgleich zweckmässig, vor allem für den, der die Untersuchung ins Abseits zu lenken bestrebt ist.

Nach vieljährigem, nicht ohne Terror und ideologische Litanei geführtem Kampf beherrschten die Guerillas Ortschaften, Weiler und entlegene Hofsiedlungen, in denen sie staatliche Funktionen wahrnahmen. Arglose Leser und Leserinnen, die diesen unseren Krieg nie erlebt haben, mag es überraschen, dass die Aufständischen als Familienrichter Recht sprachen und betrunkene und gewalttätige Ehemänner bestraften, mit Bürgermeistern und Ortsvorstehern über das lokale Budget entschieden, ihre eigenen Lehrer hatten, Ausgangssperren verhängten, Steuern einhoben und Gesundheitsposten leiteten.

Horacio bewegte sich in diesen Gefilden wie ein Fisch im Wasser und wurde von den Kommandanten geachtet. Er spielte sogar Domino mit der Truppe, stritt, scherzte und lachte mit ihr. Warum also hatten sie ihn nicht in einem der Uferdörfer liquidiert, wo sie die alleinigen Herren waren? Warum hatten sie ihn nicht in San Martín de los Campanos umgebracht, wo er jede zweite Woche praktizierte?

Noch unglaubwürdiger war, dass man Horacio im Auftrag des Abwehrkomitees von Puerto E. hingerichtet hatte. Niemand konnte sich vorstellen, dass Nicolás Maldonado von einem solchen Beschluss nichts gewusst hätte.

Trübes, Düsteres lag in dieser Geschichte. Und erst nach einiger Zeit packte mich die Neugier.

IV

Ich erinnere mich an Horacios Beerdigung und Marielitas Blässe.

Ein Chevrolet aus den sechziger Jahren, weiss und mit langen Heckflossen, für Bestattungen, Hochzeiten und die Beförderung erlauchter Gäste verwendet, chauffierte den Sarg zur Kirche. Feierlich, gemessen rollte der Wagen durch die Calle de la Logia und wendete im rechten Winkel. An der Albarrada frischte, zur Erleichterung der Trauernden, die Brise auf, die vom Fluss kam, wurde fast zu Wind. Nun konnte ich den Sarg mit der violetten Schleife sehen, auf welcher der Name meines Freundes stand: Horacio Maldonado Hadad. Es war vier Uhr nachmittags, die Spiegelungen der Sonne gleissten auf den Schlickbänken, die der Fluss zurückliess. Auch der Fluss starb. Wie Horacio. Wie alles. Oder schier alles.

Sie setzten den Sarg im Mittelschiff ab. Einen Moment verlor ich seine vier Träger aus dem Blick, sodass der Sarg jetzt einem schwarzen Tier glich, das auf einer langgestreckten Holztafel lagerte. Ich kannte sie in- und auswendig, diese Kirche mit den hohen Kuppeln und glatten Granitsäulen, an denen Drehventilatoren angebracht waren. Ich kannte ihre Gipsheiligen, ihre durchgearbeiteten Retabeln, die magisch anmutenden Glasfenster und den blutigen, schmerzverzerrten Alabasterchristus hinter dem Altar. Dort befand sich auch, von ihrem nächtlichen Abenteuer heimgeholt, die heilige Candelaria, blau gewandet und gesäubert.

Jeden Sonntag, jeden Monatsersten und auch dienstags oder mittwochs, wenn ihr die Arbeit nicht bis zum Hals stand, hatte meine betfreudige Mutter mich hierher in die

Messe mitgenommen. Ich hatte in dieser Kirche die Erstkommunion empfangen, aus den Händen des Paters Fídolo, der die Hostie in Wein tauchte und sie mir behutsam auf die Zunge legte. Mit nüchternem Magen und im Kreis der Klassenkameraden spürte ich einen Wonneschauer, als sich die eingespeichelte Oblate in mir auflöste. Es hatte etwas Mystisches. Ja, Gott existierte und hatte den Grund meiner Seele erreicht.

Marielita, aus Bogotá angereist, wo sie gerade ihr Studium beendete, schritt durch den Mittelgang. In dem grauen, von Schwägerin Astrid geliehenen Kleid, das ihr nicht stand, erkannte ich sie nicht sogleich. Ihre Hand klammerte sich um ein weisses Schnupftüchlein.

Als der Weg zwischen Pforte und Altar mit Trauerkränzen belegt war, begann Pater Fídolo mit der Zeremonie. Sein klarer, federnder Tonfall strafte seine kahle und dickliche Gestalt Lügen. Binnen Minuten hatte er die Herde gebannt. Mit penibler Sorgfalt artikulierte er die Worte, setzte Pausen nach jedem Satz, liess die Stille und das Geflatter der Ventilatoren noch dichter werden. Vom Kollaps bei der Prozession war ihm nichts mehr anzumerken.

Der Pater schwelgte in Lob für den Verstorbenen, einen Mann, der sich ganz in den Dienst am Nächsten gestellt, einen Arzt, der sich den Allerbedürftigsten hingegeben, einen selbstlosen Apostel, der auf Honorare verzichtet und stets im Interesse des Gemeinwohls gewirkt habe, dessen Tod eine schmerzliche Leere hinterlasse … Während der Pater sein hochtönendes Klagelied flocht, beobachtete ich die Hinterbliebenen, versammelt in den vorderen Reihen. Da waren die junge Witwe Astrid Bonivento, in Trauer und mit schmucker Frisur und Schminke, ihre Knaben Leonardo und Miguel Ángel, die Tante Miriam, verweint, und ihr Gatte, der bereits ergraute Doktor Ruiz, Marielita, der Senator, weitere Verwandte und Angehörige sowie dahinter, in der dritten Reihe, nahe meinem Platz, Frauen des Städtchens samt ihren Kleinen – Horacios Patientenschaft, Kinder, denen er ins Leben geholfen hatte.

Eine schöne Halbwüchsige mit schwarzem Haar und Baby im Arm erregte meine Aufmerksamkeit. Sie sass an der Seite Celeste Arrietas und ihrer Tochter Emilce, neben anderen Haushilfen des Senators. Ich hielt sie für eine von Horacios zahllosen Patientinnen.

Von der Kanzel herab verurteilte Pater Fídolo nun die Gewalttäter, jene, die ihre Brüder töteten, all die Mörderbanden, die in der Region den Terror gesät – teils gedungen von Gutsbesitzern –, all jene, die sich vom wahren Glauben abgewandt und die Kirche verlassen hätten, um in den Armen von Scharlatanen und Pastoren anderer Konfessionen zu landen, die nur auf ihren Profit aus seien. Bevor er seine apokalyptische Predigt über die Zukunft Kolumbiens beschloss, rief der Priester mit Streichelstimme zum Gebet auf, auf dass Gott dem Verstorbenen seine Sünden vergebe, die er, menschlichen Schwächen unterworfen, zweifellos begangen habe. Ein heller Kindesschrei durchdrang bei diesen Worten den Kirchenraum.

Ich sah zu der halbwüchsigen Mutter neben Celeste Arrieta hinüber, die das kleine Geschöpf zu trösten und zu beruhigen versuchte.

Als die Messe vorüber war und wir auf den Vorplatz traten, fragte ich Emilce, wer das Mädchen sei.

»Das ist Magdalena Berrocal«, flüsterte sie, »und das Kind in ihrem Arm ist die Tochter von Doktor Maldonado.«

Ich hatte von Horacios stürmischen Liebschaften in den Uferdörfern gehört, von dem Gerücht, dass er Vater eines Mädchens sei. Aus Diskretion unterliess ich es, ihn zu fragen. Fest steht, dass sich das Gesicht der Mutter meinem Gedächtnis einprägte. Ich hätte damals nicht gedacht, dass ich ihr Jahre später auf der anderen Flussseite wiederbegegnen würde. Ich hatte Lust, die Kleine zu sehen, sie zu herzen, doch meine Mutter fasste mich am Arm und zog mich Richtung Friedhof.

Als der Sarg hinabsank, brach Marielita in Weinen aus. Es war unausbleiblich, dieses Weinen, ein wohler und weher Strom, der ihr Leid zu läutern schien. Der Senator drückte sie an sich, tätschelte ihre Schulter mit nie gezeigter Zärtlichkeit. In seinem Gesicht war keine Träne. Marielita durfte weinen, der Senator musste Haltung bewahren.

Wehgeschrei brach sich Bahn, laut und aus vollem Herzen, von Frauen und Kindern, die Horacio behandelt hatte. Von all den Menschen, die ihn anbeteten und nicht verstanden, warum er hatte sterben müssen.

Am Abend besuchte ich mit meiner Mutter die Hinterbliebenen.

Das Haus des Senators zählt nicht zu den grössten und auch nicht zu den elegantesten. Der Senator bewohnte es immer seltener. Er hatte in Cartagena ein Apartment gekauft, und wenn er nach Puerto E. kam, weilte er kaum in seinem alten Zimmer. In allen Räumen, zwischen Porzellanen auf bleichen, schmutzstarren Stickereien, museumshaften Möbeln, Schränken und alten, oval gerahmten Porträts, stand ein Hauch von Gestrigkeit und Verwahrlosung.

Mariela Hadad hatte das Haus von ihrem Vater geerbt. Es war zweigeschossig und erstreckte sich von Strasse zu Strasse. Auf das weitläufige Wohnzimmer folgten ein Speisezimmer, eine grosse Küche und dahinter ein Patio mit gestampfter Erde, kleinen Nutzräumen ringsum und einem verstaubten Mandelbaum in der Mitte. Es gab ein Tor, das so gut wie immer offenstand, ich hatte es mit Horacio, wenn wir von der Lagune kamen, viele Male passiert. Oben waren die Haupträume, die Bibliothek, die zugleich als Arbeitszimmer diente und einen Holzschreibtisch hatte, sowie, durch eine Schiebetür getrennt, die Terrasse, von der aus wir die Schiffe und viehbeladenen Schuten sehen konnten. Wenig hatte sich hier verändert seit unserer Kindheit, als wir auf dieser Terrasse Comics lasen oder in der Bibliothek des Senators schnüffelten.

Fest steht, dass es in dem alten Haus nach muffiger Truhe roch, nach Wäsche, aufbewahrt zwischen Mottenkugeln. Es war gehäufte Tristesse, sosehr Celeste Arrieta und andere Frauen sich bemühten, es sauber zu halten. Von Astrid Bonivento sagte man, sie habe nie auch nur ein Sträusschen in eine Vase gesteckt.

Als wir ankamen, bemerkte ich zuerst das Greisentrio, dem keine Trauerversammlung entging. Die Totenfresser nannte man sie im Städtchen. Sie sassen, bisweilen dösend, aufgereiht im Wohnzimmer, erinnerten an Raben auf einem Ast und hatten die Hände in einer Geste des Klagens gefaltet. Ihnen gegenüber, auf einer grossen Couch, sass mit verlorenem Blick der Senator. Ihm zur Seite Don Gerardo Barbosa.

Viele waren es, die sich eingefunden hatten, um dem Senator ihr Beileid auszusprechen. Fast durchweg Nachbarn, Wahlhelfer, enge wie ferne Verwandte. Celeste, die alte Bedienerin mit dem einst kohlschwarzen, mittlerweile aschgrauen Haar, wartete mit Getränken auf. Emilce half ihr. Draussen schenkte ich mit Freunden Horacios etwas Aguardiente in Plastikbechern aus. Als sich die Gelegenheit bot, eilte ich zu Marielita und umarmte sie.

Sie weinte mit mir, und wer weiss, ob nicht ein altes Gefühl ihren Schmerz um den toten Bruder durchkreuzte. Ich streichelte ihr den Rücken. Sie schenkte mir ein gezwungenes Lächeln.

Der erste Trauerabend dauerte nicht lange. Nach neun Uhr begannen die Leute, das Haus zu verlassen. Irgendwann löste mich Marielita aus der Gruppe von Horacios Freunden, und wir gingen ins Speisezimmer und redeten über den Toten. Ich erzählte von den ärztlichen Missionen, von jenem Nachmittag, als wir uns in den Windungen der Lagune verirrten. Dann rief aus dem Wohnzimmer der Senator nach ihr. Bevor sie auf den Ruf reagierte, nahm sie mich am Arm und sagte:

»Ich will wissen, warum sie Horacio umgebracht haben.«

Nicht den Tätern, dem Motiv galt ihr Interesse. Für Marielita war es ausgemacht, dass eine Guerillagruppe das Attentat verübt hatte. Ich konnte ihr nicht widersprechen, gelobte aber, der Sache nachzugehen. Jahre später, als ich sie in Bogotá besuchte, war ich mit meinen Recherchen kaum weitergekommen.

Verbrechen ändern die Art der Bezugnahme auf Raum und Zeit. Sie etablieren eine neue Topographie, einen Prozess fortlaufender Namensgebungen. Jeder Tod hinterlässt Spuren in der Sprache. Gleich hier, wenige Blocks von meinem Haus, gegenüber der Ecke, an der sie Horacio getötet haben, gab es einen Laden für Fruchtsäfte und Frittüren, *El fresco del día* sein Name, ›Der Frische vom Tag‹. Es war ein kleines Lokal, betrieben von einer fülligen, als die Niña Rafa bekannten Frau, einer wahren Expertin für Fruchtsäfte, die hierzulande auch *frescos* heissen. Mir schmeckte besonders der köstliche Mispelsaft.

Eine gute Zeit lang musste man ohne diese Namen auskommen, es hiess nur noch »die Ecke, an der sie Doktor Maldonado getötet haben.« Und der Tod meines Freundes, ja vielleicht die brutale Umbenennung, die der Ort erfuhr, riss auch die Ladnerin, ihre Säfte und ihre Holzbänke mit, auf denen sich die Leute nach Mittag gerne erfrischten. Denn nur dreieinhalb Monate nach dem Verbrechen erlitt die Niña Rafa einen Schlaganfall. Ihre Töchter, mit den Früchten der mütterlichen Arbeit grossgeworden und, wie meine Mutter treffend bemerkte, »sehr gut verheiratet«, wollten das Geschäft nicht übernehmen. An das Holz der versperrten Tür wurden nun Todesdrohungen geschlagen.

Gleich um die Ecke hatte Horacio seine Praxis eingerichtet. Am dritten Februar kam er von zuhause und nahm gewohnheitsgemäss ein zweites Frühstück, bestehend aus Orangensaft, einer Carimañola und einer Arepa mit Ei, die er wie immer exquisit fand. Bevor er zahlte, scherzte er mit der Ladnerin. Dann überquerte er die Strasse. Ein Motorrad hielt an. Der Sozius stieg von der Maschine und gab mehrere Schüsse auf ihn ab. Anschliessend flüchteten die Männer über die Albarrada und, wie es scheint, über die Landstrasse in Richtung der Montes de María. Die wenigen Zeugen konnten sie nicht identifizieren, sie trugen Motorradhelme. Horacio verblutete an der Ecke. Die Niña Rafa, die mit dem Rücken zur Strasse stand, hörte die Schüsse. Sie hielt sie für Knaller, die von der Prozession übriggeblieben waren. Eine Weile verstrich, ehe ihr dämmerte, dass es der Arzt war, auf den man geschossen hatte.

Die Untersuchung des Verbrechens sollte nichts erbringen. Gegen dieses Verfahren sei ein Anhaltebefehl ergangen, sagte jemand mit dem typischen, fatalistischen Humor, der in diesen Landen hochgehalten wird. Maritza Carrillo, die junge, mit dem Fall befasste Staatsanwältin, schrieb in die Akte, dass zwei bewaffnete Individuen, vermutlich Angehörige einer Guerillagruppe, auf den Arzt geschossen und damit seinen fast augenblicklichen Tod verursacht hätten. Das Opfer habe vier Einschusslöcher aufgewiesen. Eine Kugel habe das linke Scheitelbein zerschmettert und sei todesursächlich gewesen.

Ein Jahr später übernahm ein neuer Staatsanwalt den Fall. Er hiess Franklin Atuesta und brachte die Version des Verbrechens aus Leidenschaft ins Spiel. Jung und gutaussehend, hätte es Horacio nie an Bewunderinnen gefehlt, weder im Spital noch in den Dörfern, die er besuchte. Doch Fabián Angarita – mit dem ich wenige Tage nach der Beisetzung meines Freunds ein Gespräch führte, das ich umfassend wiedergeben könnte, aber lieber leserfreundlich resümiere – meinte dazu, dass in Kolumbien eine jahrhundertealte Tradition bestehe: den politischen Verbrechen das Mäntelchen der Leidenschaft umzuhängen. So sei es in der Geschichte des Landes immer und überall geschehen. Vor einigen Jahren hätten Unbekannte in Barrancabermeja einen Gewerkschafter erschossen, die

Tat aber sei als Liebesaffäre in die Akte eingegangen. Besser könne man Ermittlungen nicht auf die falsche Fährte lenken, die Zahl der politischen Verbrechen herabsetzen und arme, unschuldige Teufel hinter Schloss und Riegel bringen.

Mehr will ich nicht sagen.

Ich vertraue auf Fabián Angaritas Urteilskraft. Er weiss nur zu gut, wie es zugeht im ›Justizzweig‹, eine Bezeichnung, die für mich immer nach dichtem Dschungel klingt, nach Affen hoch oben auf Urzeitlianen. Wenn Angarita über etwas klagt, so ist es die Korruption, die in der Branche herrscht. »Alles läuft über Bestechung«, sagt er mit betrübter Miene, die ein wehmutiges Lächeln nicht ausschliesst. Ich tröste ihn und versichere, dass es um die Gesundheitsbranche nicht viel besser bestellt ist, auch wenn man zugeben muss, dass das Spital San Juan de Dios nach wie vor eine gute Versorgung bietet.

Staatsanwalt Atuesta, ein sympathischer, jugendhafter Whiskytrinker, blieb nicht nur bei seiner Version, er ordnete auch die Festnahme von zwei Tatverdächtigen an. Seinen Ermittlungen nach hatte sich Doktor Horacio Maldonado in einem Uferdorf in wilder Ehe mit Magdalena Berrocal zusammengetan und sie, die noch nicht volljährig war, geschwängert. Zwei Brüder der jungen Mutter, mutmasslich mit derselben Guerillagruppe in Verbindung stehend, die den Arzt beschützte, hätten Rache genommen und den Mord verübt.

Das Motiv schien mir, keine Frage, an den Haaren herbeigezogen. Jeder in Puerto E. wusste, dass die Gebrüder Berrocal unschuldig waren. Ihr einziges Verbrechen bestand darin, dass sie einen Kram- und Lebensmittelladen besassen, aus welchem die Guerillagruppe, die das Gebiet kontrollierte, mehrmals Proviant bezogen hatte. Die Gebrüder Berrocal hatten sich zum Tatzeitpunkt nicht einmal in Puerto E. aufgehalten. Dennoch wurden sie verhaftet und ins Gefängnis gesteckt, wo man sie nach kurzer Zeit ermordete.

Wem nützten diese Morde und die Einstellung des Verfahrens?

Ich war nicht der Einzige, der sich unbequeme Fragen stellte.

V

Lange bevor ich mich auf dieses Buch einliess, empfand ich für das sogenannte Melodram nicht mehr als tiefe Verachtung. Ich hatte für dessen hanebüchene Storys nur Spott übrig und stellte mir vor, dass all die Ladys und Lover mit ihren ausgesuchten Schaurigkeiten, perfiden Bosheiten, fortgesetzten Qualen und dem so gut wie sicheren Happy End nicht in der Wirklichkeit, sondern einzig in der Wahnphantasie eines irre gewordenen Drehbuchautors Platz haben konnten.

Meine Mutter aber ist ein Fan der Telenovelas. Ihre Vormittage gehen grossteils damit hin, dass sie die Daseinsturbulenzen von Frauen verfolgt, die sich in den eigenen Bruder verlieben, einen prominenten Arzt, der in Wahrheit nicht der Spross des mächtigen Gutsherrn ist, sondern ein Balg aus ärmlichem Haus, nach der Geburt mit der wirklichen Tochter des reichen Mannes vertauscht, nämlich der verliebten Heldin, die, Erbin von Ländereien und Vermögen, von einer armen Näherin aufgezogen wurde.

Natürlich war meine Verschmähung übertrieben. Ja, ich muss zugeben, dass die Realität solchen Schmachtfetzen nicht selten nacheifert, und auch wenn ein Erzähler wie ich den melodramatischen Ton, die Häufung von Toden und Tragödien prinzipiell zu vermeiden sucht, kann er sich den Wendungen einer Geschichte wie dieser, die sehr zu meinem Bedauern für Augenblicke Gefahr läuft, zu einer Telenovela zu verkommen, schwerlich entziehen.

Drei Jahre nach Horacios Tod, als das Verbrechen den Weg in die Straflosigkeit zu nehmen schien, heiratete der Senator Nicolás Maldonado seine Schwiegertochter Astrid Bonivento. Die gütigsten Zungen wiegelten ab: Mit dem

Ehebund werde bezweckt, die Zukunft von Leon[illegible]do und Miguel Ángel, Horacios kleinen Söhnen, sic[illegible]stellen. Im Falle eines plötzlichen Todes des Senat[illegible]ge dessen erkleckliche Rente nunmehr auf die zwei[illegible] Witwe über, so dass die beiden ›Geschöpfchen‹ – wi[illegible]ine Mutter sich ausdrückte – nicht unversorgt zurück[illegible]ben.

Die Trauung erfolgte vor Notar i[illegible] Stadt Cartagena, und das dazugehörige Foto nahm [illegible] bescheidene Ecke in den Chroniken ein. Doch es w[illegible] als würde die Aufnahme gewisse Züge des Senato[illegible]erstärken, als würde sich ein vielleicht übermässig zu[illegible]nnendes Lächeln der Befriedigung in seinem Gesicht a[illegible]chnen und ihm einen lasziven Ausdruck verleihen – im [illegible]egensatz zu Astrid, die Sanftmut vermittelte und wie da[illegible]pfer aussah, das sich in sein Los fügt. »Das frisch verm[illegible]e Witwerpaar wird die Flitterwochen in Miami verbri[illegible]n«, hiess es maliziös in der Bildunterschrift.

Mag sein, dass die Heirat e[illegible] politischer Fehler war. Denn es blieb nicht aus, dass [illegible]ne Feinde Profit daraus schlugen, zumal wieder ein W[illegible]lkampf bevorstand. Der Senator hätte warten können. [illegible]tattdessen hatte er, von einer bösen Vorahnung geplag[illegible] die Eheschliessung vorangetrieben. Stiche in der Brus[illegible] und wiederholte Untersuchungen in Kliniken von Ba[illegible]quilla und Bogotá bestätigten seinen prekären Gesundh[illegible]zustand. Ein vorausgegangener Kollaps in der Stadt C[illegible]agena war laut Diagnose einer instabilen Angina pector[illegible]schuldet, die Anlass zu Besorgnis gab. Nicolás Maldona[illegible]hnte, dass der Tod nahte und seine Enkel in Not gerat[illegible]könnten, sollten sie seine Senatorenrente nicht erben.

Die Nachricht von der befremdlichen Heirat ei[illegible] fast Siebzigjährigen mit einer knapp dreissig Jahre ju[illegible]n Mutter, die noch dazu seine Schwiegertochter war, wur[illegible] auch im Fernsehen verbreitet und mit Häme und Empörung bedacht. Verwerflich sei dieser Akt eines schmierigen Kleptokraten, eines perversen Wüstlings, eines korrupten Lustgreises! Ein ums andere Mal wurde das Hochzeitsbild abfotokopiert, mit Zoten, Schmähungen und Derbheiten versehen und an die Lichtmaste des Städtchens geklebt.

Ich werde keinen dieser Sudelkommentare wiedergeben. Um es abzukürzen: Der Senator Maldonado wurde darin des Mordes an seinem eigenen Sohn bezichtigt, verübt, um die Schwiegertochter zu ›ficken‹ (nehmen wir den Ausdruck hin). Anspielungen auf Viagra, aphrodisische Kräuter, esoterische Stimulanzien und die angebliche Impotenz des Senators vervielfachten sich in den eben entdeckten sozialen Netzen.

Die Technologie hat die Art zu fühlen, zu denken, sich zu äussern, vor allem aber Politik zu machen, verändert. Ein Gerücht zu streuen ist einfach. Ebenso Lügen in Umlauf zu setzen, die nie dementiert oder nachgewiesen werden und das Opfer der Verleumdung in Schande hüllen. Trotzdem. Aus einem seltsamen, mir unerfindlichen Grund sind die Folgen solchen Geredes gleich null: Die Verunglimpften werden wiedergewählt und behalten Macht und Einfluss. So war es auch bei Nicolás Maldonado.

Es gab auch erbitterte Verteidiger des Senators, darunter ein beträchtlicher Teil seiner politischen Klientel und selbstredend meine Mutter. Der Senator handle als der grosse Mann, der er immer gewesen sei, als der grosse Beschützer seiner Familie, der sein Ansehen, sein Privatleben und sein Wahlkapital dem Spott, den Verhöhnungen und der gefährlichen Nachrede, Drahtzieher des Mordes an seinem Sohn gewesen zu sein, aussetze.

Das Geraune griff um sich, brodelte in der Volksseele, an den Strassenecken, in den Cafés, den Billardspelunken. Sogar gewiefte Geschäftsleute, Krankenschwestern und Spitalskollegen nahmen es für bare Münze. Die Giftzungen hatten zu tun. Männer wie Frauen dehnten den Frageton, um sich besser zu dünken, um sich einzubilden, dass sie selber eines solchen Kindsmords nicht fähig wären. Wir brauchen immer einen Schuldigen. Und ist der Verbrecher auch noch reich und mächtig, rechtfertigt das unser Mittelmass, handelt es sich bei diesem doch um den Ausfluss strenger moralischer Prinzipien, zu denen wir uns, keine Rede, mit Stolz bekennen.

Wie in jedem Krähwinkel entfalten Fragen, die ein leiser Hauch von Anschuldigung umwittert, auch in Puerto E. grosse Sogkraft: Hatte der Senator den Mord an seinem eigenen Sohn angeordnet? Hatte er ihn gebilligt? Wenn er über alles Bescheid wusste und kein Espenblatt sich ohne seinen Segen rührte, warum konnte er das Verbrechen dann nicht verhindern? Hatte er denn nichts zu sagen in diesem Abwehrkomitee von Puerto E., das nach wie vor Morde in Auftrag gab und alle der Kollaboration mit der Guerilla Verdächtigen aufforderte, den Ort binnen Tagesfrist zu verlassen? Hatte er den Ahnungslosen gespielt, hatte er weggeschaut? Ja – weil es ihm wohl zupasskam, antworteten im Flüsterton die Metzger, die Taxichauffeure, die Käse- und Arropilla-Verkäufer, die Dienstmädchen. Und ein verschwörerhaftes »Klar!« oder »Allerdings!«, das die geistige Urheberschaft des Verbrechens ohne den Schatten eines Zweifels bekräftigte, quittierte die Behauptung.

Ich hatte damals nicht vor, dieses Buch zu schreiben, und empfand für all die Spekulationen nur eine morbide Neugier, wohl nicht viel anders als die Bewohner des Städtchens. Doch dachte und handelte ich gegen den Gerüchtestrom, in der festen Absicht, einem Geheimnis auf den Grund zu gehen und die Unschuld des Senators mit kristalliner Klarheit vor Augen geführt zu bekommen. Drei nicht ganz zufällige Begegnungen weckten indes einige Beunruhigung in mir. Die ersten beiden waren opportune

Krankenbesuche, die ich nützte, um im Stil eines stumpfen und tumben Detektivs ein ansatzweises Verhör zu versuchen. Die dritte fand auf einem Ärztekongress in Cartagena statt, auf dem ich Graciela Barrios wiedertraf, die man in Fachkreisen bereits als Frau Doktor Verde oder, eine Spur sarkastischer, Frau Doktor Green kannte.

Es war meine Mutter, die mich über die gebrechliche Gesundheit des unendlichen Pater Fídolo alarmierte. Ein Höflichkeitsbesuch sei angebracht, zumal der arme Mann für eine ärztliche Untersuchung kein Geld habe und vielleicht auch nicht privat versichert sei.

An einem Mittwochabend um sechs empfing mich der Pater in der beengten Wohnstube seines Pfarrhauses nahe der Kirche. Er war in Pantoffeln und Unterhemd, das schweissnass war und den gewölbten Bauch und die altersschlaffen Brustwarzen durchscheinen liess. Der Pater hatte eine rote Knollennase und abgewetzte gelbe Zähne. Nichts erinnerte an den Kirchenmann, der seiner Gemeinde mit wohlartikulierten Predigten ins Gewissen redete. Ohne Stola und Soutane war er nicht mehr als ein gutmütiger, lächerlicher Dickwanst.

Er bewirtete mich freundlich mit Wein, Schinken, Bauernkäse und Würstchen. Die Vermutung lag nahe, dass nicht wenige seiner Anfälle und Ausfälle dem Cholesterin und den Triglyceriden geschuldet waren. Doch er mache viel Bewegung, beteuerte er, spaziere zur Tagesneige gern an einem Seitenarm des Flusses entlang, wo die Abendfrische wohltuend und schlaffördernd sei.

Fest steht, dass ich ihm zu den üblichen Labortests riet und anbot, ihn an die Bakteriologie des Spitals zu vermitteln.

Ein plötzlicher Sturzregen zwang mich, den Besuch auszudehnen. Pater Fídolo erzählte mir nun von dem Land um Perugia, seinen Eltern, Bauern, die stolz gewesen seien, dass eines ihrer sieben Kinder zum Dienst an Jesus Christus berufen war. Früher, als er noch das Seminar besuchte, habe er mit der sogenannten Befreiungstheologie sympathisiert. Aus diesem Grund habe er sich auch entschlossen, nach Kolumbien zu kommen. Die Kirchenoberen hätten ihn zunehmend isoliert und schliesslich in abgeschiedene Dörfer verbannt, zuerst in den Urwald, dann in die Savanne. In Puerto E. gäbe es wenigstens Wasser und elektrisches Licht, und er könne aus Barranquilla guten italienischen Wein und vor allem Olivenöl bestellen.

Das Thema kam bald zur Sprache. Niemand, nur Gott, kenne die Geheimnisse der menschlichen Seele, sagte Pater Fídolo. Er habe nicht oft Gelegenheit gehabt, mit dem Senator zu reden. Aber dass Widerstand gegen seine Macht zwecklos wäre, sei ihm von Anfang an klar gewesen. Mit Verónica Maldonado hingegen habe er Verbindungen geknüpft.

»Die Señora war immer die Mächtige im Hintergrund. Sie weiss zu befehlen, es liegt ihr im Blut, die Leute gehorchen ihr. In diesen Dörfern – Sie wissen das besser als ich – brauchen die armen Schäfchen ja keinen Hirten, sondern jemanden, der ihnen den Weg zeigt. Dem folgen sie dann auch. Und wenn die Schwester des Senators es befiehlt, ist es am einfachsten, man gehorcht.«

Draussen hatte sich der Regen entfesselt.

Der Pfarrer senkte zuweilen die Stimme und verfiel bei den letzten Worten in Flüstern. Dann nippte er am Wein und spiesste sich Wurststückchen auf den Zahnstocher. Ich war versucht, ihm zu empfehlen, er solle abends lieber ein Glas Milch mit Brot zu sich nehmen. An meiner Miene – vielleicht hatte ich ihn mit sichtlichem Vorbehalt angesehen – musste er meinen Gedanken gelesen haben, denn er kam mir zuvor:

»Glauben Sie nicht, dass ich das täglich mache. Nur wenn ich Besuch habe. So wie jetzt. Manchmal ist niemand da zum Reden. Und des Radiohörens bin ich schon müde.«

Er wollte wieder vom Thema abschwenken, doch ich hakte mich an Verónica Maldonado fest.

»Die Señora Verónica und ich haben mehrmals wohltätige Werke getan, wir haben den Kindern in den Armenvierteln Puppen, Fussbälle, Spielzeugautos gebracht, hie und da auch einen Wocheneinkauf. Mir war bewusst, dass diese karitativen Aktionen zur politischen Kampagne gehörten, trotzdem habe ich mich nicht quergestellt. Habe mich benützen lassen. Vielleicht würde es sich ja ergeben, dass ich beim Senator vorsprechen und den Anschluss ans Wasser- und Kanalnetz erbitten könnte, der diesen Vierteln immer versprochen wird. Es ist schon eine Weile her, vor den letzten Wahlen war's, dass ich die Señora Verónica traf und sie zu mir sagte: ›Pater Fídolo, es wäre gut, wenn Sie mal von der Kanzel herab all den Lügen widersprechen, die man gegen meinen Bruder erhoben hat.‹ Ich habe es nie getan.«

»Warum nicht?«

»Wahrscheinlich mangels Gelegenheit. Es ist auch nicht so, dass ich es ständig im Kopf hätte. Im Übrigen haben sich die Wogen geglättet. Wer redet heute noch von der Heirat des Senators mit diesem armen Ding? Und der Einzige, der sich an das Verbrechen an Doktor Horacio Maldonado erinnert, sind Sie.«

Mir kam vor, der Priester wusste mehr. Hielt er ein Beichtgeheimnis zurück?

»Soll ich Ihnen etwas sagen?«

Ich nickte. Er dämpfte die Stimme noch mehr.

»Im Grunde mag schon etwas dran sein an dieser ganzen Sache.«

Und dann brabbelte er vor sich hin:

»Etwas. Wie viel, kann ich nicht sagen.«

Er schenkte den letzten Tropfen ein. Eine verlegene Stille entstand.

»Sie brennen vor Neugier, nicht wahr? Kein Wunder, mein Freund. Aber wenn Sie mehr wissen wollen, müssen Sie einen anderen fragen.«

Er machte eine Pause. Dann fügte er hinzu:

»Fragen Sie … Wie heisst die Frau noch mal? Celeste, richtig, Celeste Arrieta. Auch ihre Tochter kann Ihnen Auskunft geben. Und vielleicht der Mann … Grimaldo Santoya. Diese Leute wissen mehr als ich. Kann sein, dass Sie nie finden, was Sie suchen, kann sein, dass Sie irgendetwas anderes entdecken …«

»Etwas anderes?«

»Ja, das Leben des Senators ist ein Buch mit sieben Siegeln. Tatsache aber ist, dass ihn niemand vor Gericht bringen wird. Das sollten Sie wissen.«

Ich sagte, das sei nicht meine Absicht.

Es war fast zehn, als ich das Pfarrhaus verliess.

Nur wenige Blocks trennten mich von zuhause, die Distanz liess sich zu Fuss zurücklegen. Und ein bisschen abendliche Bewegung tat gut. Der Regen hatte die Nachtluft mit seiner Würze getränkt, aber die Strassen waren dunkel und leer. Ich stellte mir vor, man würde mich aus der Finsternis heraus überfallen.

An der Ecke der Calle Santander kreuzten zwei Männer mit Schildkappen meinen Weg. Der eine erkannte mich:

»Docto, was treiben denn Sie hier um diese Uhrzeit? Seien Sie auf der Hut. Und sehen Sie lieber zu, dass Sie nach Hause kommen.«

Mich immer wieder umblickend, erreichte ich das Haustor. Das Viertel lag totenstill. Ich erinnerte mich an eine nicht allzu ferne Zeit, als es in Puerto E. laut und fröhlich zuging. Ich sah mich mit Horacio zu fortgeschrittener Stunde durch eben diese Strasse bummeln. Wie sich die Zeiten ändern.

Ich eilte die Treppe hoch. Meine Mutter erwartete mich, das Abendbrot war aufgetragen. Pater Fídolo habe mich zum Essen eingeladen, sagte ich und erzählte von seinem Gesundheitszustand und seiner wenig zuträglichen Ernährungsweise. Meine Mutter lachte.

Noch in derselben Nacht schwor ich mir, mit Celeste Arrieta zu reden, aber ich sollte einige Zeit brauchen, bis ich mein Vorhaben ausführte.

Wie über Astrid Bonivento, die zweifache Witwe der Maldonados, schreiben? Meine schlichten Sätze, ich weiss es, werden sie nicht erfassen können. Astrid wird sich meinem Befund entziehen, wird sich meiner hypothetischen Sammlung von Exemplaren verweigern.

Das runde Gesicht mit den wulstigen, meist knallrot bemalten Lippen und ins Grüne spielenden Augen hat einen abwesenden, argwöhnischen Ausdruck bekommen. Doch Astrid hatte nie den geraden Blick, und ihre Gedanken gingen Wege abseits aller bekannten Logik. In ihrer Jugend war sie Marielitas Freundin und mochte Schminke, Cremen, Stilettos und haaraufhellende Strähnchen. Die beiden hätten unterschiedlicher nicht sein können, dennoch waren sie Vertraute und Verbündete. Astrids volle Brüste und breite Hüften waren ein Blickfang, besonders wenn sie straffe T-Shirts und Jeans trug. Einmal traute ich mich, Horacio zu fragen, was er an ihr finde. Er antwortete:

»Man sieht, dass sie gebärfreudig ist. Und sie wird bestimmt eine gute Mutter sein.«

Mehr sagte er nicht.

Seine pragmatische Klarheit frappierte mich.

Fest steht, dass Astrid Bonivento nach ihrer Heirat in die Gefilde der Schwermut und Schweigsamkeit eintrat. Nach ihrer ersten Schwangerschaft ging sie in die Breite, und ein Zug von Verbitterung grub sich in ihr Gesicht. Das Leben schien von jeher auf ihr zu lasten, doch sie überspielte es, als könne ihr die Welt den Buckel hinunterrutschen. Manchmal lächelt sie pflichtgemäss, täuscht Freude vor. Es ist, als wäre sie nur für den Schein, nicht für das Sein geboren. Astrid wird nie laut, widersetzt sich nie einem Ratschluss, lässt andere für sich entscheiden und macht den Eindruck, dass sie nichts Grösseres von sich erwartet.

Mit Horacio Maldonado hat sie ein zu grosses Los gezogen, befand man in Puerto E. und bekräftigte meine Mutter. »Dass ein Arzt aus so gutem Haus und mit so einer Zukunft so eine fade Gans heiratet! Hübsch ist sie ja, aber sie hat null Pfiff.« Sie mochte Recht haben. Nach einer Weile konnte die Niña Lola ihre Ansicht durchaus revidieren:

»Naja, die eine wird als Gattin geboren, die andere als Geliebte.«

Ich fragte mich, was auf meine Mutter zutraf. Vielleicht fielen sie und Astrid in eine andere Kategorie.

Astrid tat nichts. Sie stickte nicht einmal. Sie stand spät auf, zog das Bad, das Kämmen, das Schminken in die Länge, lackierte sich die Nägel und verschlang mit unverhohlener Gier Empanadas und Frittüren. Gewiss, sie umsorgte ihre Kinder, aber nach dem Tod des Vaters fingen die Knaben an, respektlos mit ihr umzugehen. Kleine Tyrannen, die sie waren, liessen sie sich von den Köchinnen und Hausangestellten bedienen, die sie vergötterten. Ihre Ungezogenheiten in der Öffentlichkeit, teils sehr beifällig aufgenommen, boten ein deprimierendes Schauspiel, dem sich Astrid mit gezwungenem Lächeln zu entziehen schien, wie wenn sie alles nichts anginge. Als Horacio in Begleitung von Doktor Barrios die ersten Expeditionen in die Uferdörfer unternahm, hatte sie eine ähnliche Strategie verfolgt. Die Unwissende zu spielen mochte ihre schlaue Art des Selbstschutzes sein.

Damals wurde ihr ein Wunderheiler empfohlen, dem man nachsagte, dass er den geliebten Menschen zurückbringe. Astrid, vielleicht nicht ohne Hoffnung, suchte ihn auf. Sie gab ihm eine Unterhose und eine kleine Haarsträhne Horacios, damit er sein Werk tue. Nach wenigen

Tagen wurde der Mann als Hochstapler und Quacksalber verhaftet.

Kann sein, dass sie froh war über Horacios Tod, eine fortgesetzte Kränkung ging damit zu Ende. Und der Senator Maldonado erlöste sie aus ihrer jähen Witwenschaft. Diese zweite Ehe liess sie ein bisschen aufleben, doch Astrids Dasein war bereits von einer Atmosphäre von Moder und Muff umfangen.

Eines Nachts läuteten zwei Dienstmädchen bei mir Sturm, Leonardo, der ältere von Horacios Söhnen, fühle sich seltsam unwohl, sein Körper brenne. Zum Glück war die betagte Köchin Celeste bei Astrid gewesen, und sie war es auch, die entschied, den Arzt zu holen.

Ich untersuchte den Jungen in einem der Zimmer neben der Bibliothek, in der ich einst geschmökert hatte, hiess ihn sich ausziehen und stellte Anzeichen von Windpocken fest, die er sich vermutlich in der Schule zugezogen hatte.

Es bestehe kein Grund zur Sorge, beruhigte ich die Mutter und versuchte, sie in ein Gespräch zu verwickeln. Wir gingen hinunter ins Wohnzimmer. Celeste servierte mir ein Glas kalter Limonade, und allmählich kam die Sprache auf Horacio und das nach wie vor ungeklärte Verbrechen. Ich setzte zu einer Frage an, doch Astrid fiel mir ins Wort:

»Bestimmt kann Doktor Verde mehr dazu sagen als ich. Horacio hat nie mit mir gesprochen«, sagte sie schneidend und mit galligem Unterton.

Sie lächelte herb. Dann mischten sich Tränen in ihr Lächeln, und ich war peinlich berührt. Einen Augenblick lang fürchtete ich, sie wäre nicht richtig im Kopf.

»Langsam wächst Gras über diese Dinge. Ich bin dabei, sie zu vergessen.«

Horacio sei tot, und sie sei jetzt die Frau des Senators Maldonado, des Abwesenden, der sich in Bogotá seiner parlamentarischen Arbeit widmete.

Ich sah ihr in die Augen. Astrid mied meinen Blick.

Sie sehe etwas blass aus, habe Augenschatten, sagte ich, ein Bluttest, ein Check-up wäre angebracht. Ich benützte die Gelegenheit, um sie zu untersuchen. Gewiss, es war übertrieben. Aber meine Anteilnahme rührte sie. Sie dankte es mir mit einem Lächeln und wischte sich die Tränen. Gut möglich, dass sich des Längeren niemand für ihr Befinden interessiert hatte. Ich sagte, sie könne mir vertrauen, vielleicht tue es ihr gut, über ihren Kummer zu reden.

Als berste in ihr eine lange eingedämmte Angst, sagte sie:

»Glauben Sie mir, Doktor Cuesta, ich habe es nie leicht gehabt!«

Wieder weinte sie und lächelte ein wenig verschämt.

Niemand wisse um ihre Bedürfnisse, niemand kenne ihre innersten Gedanken. Von Doktor Barrios und der Demütigung durch Horacio sprach sie kaum. Ich stellte mir ihre Nächte vor, ihre Atemzüge im Dunkel, ihre Schutzlosigkeit, die Tyrannei der Söhne, die Suche nach Trost an der Brust des Senators.

Wir sassen zu zweit im Wohnzimmer. In der Küche spülte Celeste das Geschirr. Das rauschende Wasser schien eine Unterhaltung abzuschirmen, in der kein lautes Wort fiel.

»Seit Horacios Tod habe ich seiner Tochter, die er mit diesem Mädchen in San Martín de los Campanos hatte, immer eine monatliche Zuwendung geschickt«, weihte mich Astrid wie um Lob bemüht ein. »Der Senator erinnert mich daran, er gibt mir auch das Geld dafür. Marielita, die mich jetzt hasst, weiss nicht einmal, wie ihre Nichte heisst.«

Auch ich wusste es nicht. Emilce hatte bei Horacios Beerdigung lediglich auf ein Mädchen gedeutet, das ihr Kind in Armen hielt. Ich hatte nie nach dem Namen der Kleinen gefragt und den der Mutter vergessen.

Astrid bemerkte meine Unwissenheit.

»Sie heisst Lucero, sie dürfte mittlerweile fünf sein. Die Mutter ist eine gewisse Magdalena Berrocal. Ein armes Ding. Ihren Brüdern hat man Horacios Tod angelastet, dabei hatten sie nichts damit zu tun.«

»Woher wissen Sie das?«

»Der Senator hat es gesagt. Und dem Senator glaube ich.«

»Dann muss er auch wissen, wer den Mord an Horacio angeordnet hat.«

»Nein, das weiss er nicht. Niemand weiss es, nicht einmal er.«

Sie schien ihrer Worte ganz sicher zu sein.

Das Gespräch dümpelte noch eine Weile dahin. Astrid beteuerte von neuem, dass der Senator immer gut zu ihr gewesen sei.

»Viel besser als Horacio«, setzte sie hinzu.

Dann schien sie zu bereuen, dass sie ihr Innenleben preisgegeben hatte. Über ihre Wange glitt eine kleine Träne. Sie erhob sich aus dem Schaukelstuhl, wie um eine Klammer zu schliessen, eine der wenigen, die sie in ihrem Leben aufgemacht hatte. Ich riet, Miguel Ángel, der Jüngere, solle sich von seinem Bruder anstecken lassen, um beide einer gemeinsamen Behandlung zu unterziehen.

Die Mutter schien nicht sehr überzeugt. Doch am Ende willigte sie ein.

Ich empfahl einwöchige Bettruhe und verabschiedete mich. Auf dem Nachhauseweg dachte ich in schelmisch-schlüpfriger Weise an Astrid und den Senator.

VI

Mit Urlaubs- und Freistellungsgesuchen seiner Untergebenen verfuhr Doktor Cárcamo allemal streng. Stirnrunzelnd taxierte er sein Gegenüber, witterte Täuschung, wähnte eine Hinterabsicht. Zudem fing der dienstalte Direktor an, viele seiner Zuständigkeiten auf mich abzuwälzen, was mir zwar ein Gefühl von Unabkömmlichkeit gab, aber in Wirklichkeit nur eine Last und Mühsal war, die sich in meinem Gehalt nicht niederschlugen. Möglich, dass er deshalb nicht Nein sagen konnte, als ich zwei Tage Urlaub erbat, um am Ersten Kongress für Traditionelle Heilformen teilzunehmen. Er fand in Cartagena statt und würde mir die Gelegenheit bescheren, Graciela Barrios zu begegnen. Eine Internetseite kündigte sie als Sprecherin eines Panels zu überlieferter Heilkunde und Schamanismus an.

Ich glaube erwähnt zu haben, dass sie es war, die mich in das Studium der sogenannten Alternativmedizin einführte. Mit einer gewissen Neugier, doch ohne wirkliche Überzeugung und mehr von ihrem Sex-Appeal als von wissenschaftlichem Interesse getrieben, spielte ich anfangs mit. Nun, nach all den Jahren, hat mich die Erfahrung zu der Einsicht gezwungen, dass Dinge wie Homöopathie oder Bachblüten ein kolossaler Schwindel sind. Es mag schon sein, dass so ein Pflanzenextrakt bei Haarausfall, Nervenleiden oder Menstruationsbeschwerden die eine oder andere Wirkung zeitigt. Aber nicht mehr. Akupunktur hingegen halte ich für respektabel, Pendel und Wünschelruten wiederum erscheinen mir lächerlich. Alles Stuss. Reiner Humbug. Pure Scharlatanerie. Eine moderne Form der Rosstäuscherei. Trotzdem gibt es immer noch Leute, die Krankheiten mit Kürbiskernen, Amazonaslianen und Ringelblumenauszügen zu kurieren suchen.

Doch seien wir gerecht mit Graciela und einigen Kollegen. Im Wesentlichen ging es auf jenem Kongress um den Einsatz kostenniedriger Arzneien in abgelegenen, dem Einfluss von Staat und Pharmariesen entzogenen Regionen. Und nebenbei dürfen wir auch erwähnen, dass viele Pharmaka mit klingenden Markennamen glatter Betrug sind. Und dass die Konzerne die Reisen von Heerscharen von Ärzten finanzieren, damit sie ihre Produkte an die Patienten bringen. Nichts Neues unter der Sonne. Institutionalisierte, schier unausrottbare Korruption.

Graciela war erfreut, mich wiederzusehen. Die zierliche Brille, die sie jetzt trug, milderte die wuchernde Wildheit, die ich früher an ihr beobachtet hatte. Sie trug das Haar kurz und sah leicht gezeichnet aus, wohl infolge der Anspannung, die ihr aus der Mitorganisation des Kongresses erwuchs. Wir nahmen in der Kantine der Universitätsklinik ein gemeinsames Mittagsmahl. Es war nicht der beste Ort, um über Horacio zu reden. Dennoch und trotz wiederholter Unterbrechungen werde ich unser Gespräch nie vergessen.

Unvermeidlich sei es gewesen, unvermeidlich, sagte Graciela, dass Horacio Maldonado mit den Guerillagruppen in Berührung kam, dass er Kommandanten und mittlere Kader versorgte.

»Es gab Guerilleros, die an Diabetes oder Bluthochdruck litten, Männer und Frauen mit Geschlechtskrankheiten, Fälle von Leishmaniose, bleiche Jungen mit aufgeblähten Bäuchen, schwangere Mädchen. In die Dorfschulen, in denen Horacio praktizierte, sind ganze Pilgerzüge von Kranken geströmt, die ihn angebetet haben wie einen dem Wasser entstiegenen Halbgott. Er hat sich ihrer angenommen und ihnen die Arzneien verordnet, viele hat er aus eigener

Tasche bezahlt, manche aus dem Spitalmagazin entwendet. Ihr Fehlen ist lange nicht bemerkt worden. Und er liess nicht nur Glucotrol mitgehen, sondern auch andere Medikamente, die er immer in einem kleinen Koffer dabei hatte.«

Es ist eine akzeptierte Gewohnheit: Braucht irgendein Arzt, irgendeine Schwester ein Medikament, wird es einfach vom Bestand des Magazins abgezwackt, ohne Rechnung und ohne Buchhaltung. Cárcamo weiss es, ich weiss es, und dennoch tun wir nichts dagegen.

»Als ich Santa Ana verlassen habe und auf Zuraten von Doktor Cárcamo nach Barranquilla gegangen bin, habe ich zu Horacio gesagt, er solle seine Besuche in Elletén und San Martín de los Campanos einstellen. Er aber hat weitergemacht, auch als es bereits gefährlich war und die Guerillagruppen sich zurückgezogen hatten. Die Leute mochten ihn eben, und er war glücklich.«

»Hat Horacio dir von den Drohungen erzählt?«

»Nicht nur Horacio, auch Doktor Cárcamo. Der hat mich täglich angerufen und ermahnt, auf mein Ansehen als Frau und Ärztin zu achten.«

»Er meinte wohl deine Beziehung mit Horacio, die Leute in Puerto E. haben sich das Maul darüber zerrissen.«

»Was scherten mich die Leute. Doktor Cárcamo jedenfalls sagte, das Beste für mich wäre wegzugehen, er könnte mir Arbeit in Barranquilla verschaffen, während ich mich dort zur Gynäkologin ausbilden liesse. Nach allem, was er für mich getan hatte, konnte ich nicht Nein sagen.«

»Das kann ich verstehen.«

»Wenn der Senator Maldonado für dich so etwas wie ein Vater ist, war Doktor Cárcamo einer für mich ... Ich durfte ihn nicht enttäuschen. Heute fühle ich, dass mich nichts mehr an ihn bindet. Ich habe mich von seinem Einfluss gelöst. Ich muss seinen Erwartungen nicht mehr entsprechen. Das ist das Beste, kann ich dir sagen. Du solltest in Bezug auf den Senator dasselbe tun.«

»Das ist nicht einfach, wie du weisst. Ich kann meine Mutter nicht im Stich lassen. Würde man mir Arbeit in Barranquilla oder hier in Cartagena anbieten, ich würde wohl ablehnen, kein Zweifel. Es geht mir gut in Puerto E., die Leute mögen und achten mich.«

Und dann stellte ich die Frage:

»Glaubst du, was so geredet wird?«

»Was denn?«

»Dass der Senator Horacio ermorden liess.«

Graciela hob die Brauen und leerte ihren Tamarindensaft, der zum Mittagsmenü gehörte.

»Wer weiss das schon. Nichts ist unmöglich. Ich glaube alles, was man von diesem Alten sagt. Das ist der Unterschied zwischen dir und mir. Natürlich kann ich dich verstehen. Auch ich wollte vieles nicht glauben, was man von Doktor Cárcamo sagt.«

»Was sagt man denn von Cárcamo?«

»Er soll dem Komitee angehören, genauer: der Strohmann des Senators Maldonado im Komitee sein. Diese Leute haben mehr zu sagen als der Gouverneur und die Bürgermeister. Darum wusste Doktor Cárcamo auch, dass ich bedroht war und man Horacio töten würde.«

Graciela hielt inne. Sie schien in ihren Erinnerungen zu graben.

»Ehrlich gesagt, Horacio hat den Tod herbeigesehnt.«

Die Enthüllung überrumpelte mich.

»Wie das?«

»Er hat es mir oft geschrieben, in mehreren Mails.«

Sie setzte die Brille ab, zog ein Gesichtstüchlein aus ihrer Handtasche und wischte sich ein paar Tränen. Dann erzählte sie mir Näheres über ihr Verhältnis mit Horacio. Das meiste war mir bekannt, doch wollte ich ihre Erinnerungen nicht unterbrechen: Sie seien ›kosmische Freunde‹ gewesen, die körperliche Leidenschaft habe sich zu spiritueller Begegnung gewandelt, mit geradezu mystischen Gesprächen und Einlassungen auf das *I Ging*, das jahrtausendealte Orakelbuch der Chinesen. Dieses Glück inmitten des Krieges konnte nicht von Dauer sein.

Ich gestand Graciela, dass ich sie und Horacio heimlich beneidete. Dass ich ihr oft die Schuld am Versanden meiner Freundschaft mit ihm gab. Sehr zu meinem Bedauern seien wir am Ende nur noch Kollegen gewesen, die sich morgens Hallo sagen und einander immer noch zugeneigt sind, deren Innenwelten aber nicht mehr das gegenseitige Interesse erwecken.

»Du hast keine Ahnung, wie gern dich Horacio hatte«, versicherte sie. »Ich habe manches gelesen, was er in seinem Tagebuch über dich schrieb.«

»Tagebuch? Sag bloss, Horacio hat Tagebuch geführt.«

»Nun, es war kein richtiges Tagebuch, aber doch, wie soll ich sagen, eine Art Bekenntnisbuch. Er fing damit an, als wir zusammen waren. Du solltest es lesen. Sicher hat er es irgendwo in seiner Praxis in San Martín de los Campanos aufbewahrt.«

»Sieh an, sieh an, ich wusste nicht, dass Horacio auch geschrieben hat.«

»Doch, doch, er hatte seine literarischen Neigungen, nur waren sie verborgener als deine. Er hat mir sehr schöne Liebesbriefe geschrieben. Ich zeige sie dir bei Gelegenheit.«

Ich war versucht, sie zu fragen, wie Horacio über mich dachte. Aber Graciela hatte keine Zeit mehr. Sie stand auf, um einen Anruf anzunehmen.

Ihr Versprechen, vor meiner Rückreise noch einmal mit mir zu reden, blieb uneingelöst.

Sie drehte sich um und liess mich in der Kantine sitzen.

Ich dachte nach über das Gesagte. Über das Tagebuch,

natürlich, und über die angebliche Todessehnsucht meines Freundes.

Horacio Maldonado gehörte nicht zur Sekte der Märtyrer. Er war ein Geniesser, ein Freund der Lüste und der Liebe, er sang Vallenatos, tanzte Porro, hörte Cumbias. Wenige Tage nach seiner Beerdigung träumte ich von ihm. Er war tot, bleich, lauschte aber der *Pava congona*, einer Cumbia von Andrés Landero, die er immer als eine Hymne auf das Leben gepriesen hatte. Er rief mich zu sich. Ich entzog mich der Aufforderung, weil mir schwante, er würde mich zum Sterben einladen. Beim Aufwachen war mir, als würde Horacio leben, als müsste ich ihn vor der drohenden Gefahr warnen. Erst nach einigen Sekunden wurde mir klar, dass man ihn bereits ermordet hatte.

Jedes Opfer hat sein Los verdient, behauptet so mancher. Das mag eine Übertreibung sein, vor allem wenn man das Verbrechen damit zu rechtfertigen pflegt, dass man das Opfer frevelhafter oder wenigstens verwerflicher Handlungen oder Einstellungen bezichtigt. »Wer weiss, worin er verstrickt war«, ist nach einem Mord oft zu hören, als hätte es der Tote nicht besser verdient, als hätte es gegolten, eine Schuld einzutreiben. Dennoch und auf die Gefahr hin, inkonsequent zu erscheinen, lässt sich der Gedanke, dass jedes Opfer seinen Henker sucht, einen geheimen Dämon, der es einem höheren, heroischen Schicksal zuführt, nicht so einfach von der Hand weisen. Um es mit den Worten meiner Mutter zu sagen: Jeder Kopf ist eine Welt. Dunkel, abgründig, unauslotbar.

Ich hatte an der Universität Kommilitonen, die für eine gerechte Sache zu sterben begehrten. Mehr als den Sieg der Revolution ersehnten sie eine Form von Märtyrertum. So betätigte sich ein Freund aus jenen Tagen, der Anwalt Rafael Viveros Lambis, als Berater von Campesinos, die auf den hiesigen Fincas und in Städten wie Cartagena und Barranquilla Grundstücke besetzten. Er hatte sich ihrer Sache verschrieben. Arglos und anständig, arbeitete er mit landwirtschaftlichen Organisationen, diesen sogenannten NGOs, zusammen. Viveros Lambis war siebenunddreissig. Die Sicherheitsorgane hatten ihn auf dem Schirm.

Fabián Angarita erklärte, was geschah.

Alarmiert, dass der Anwalt in Lebensgefahr schwebte, beschlossen seine Kameraden, ihn aufzusuchen und an einen sicheren Ort zu bringen. Auf der improvisierten Flucht bemerkte Rafael, dass er in der Eile die Zahnbürste vergessen hatte, und machte kehrt, um sie zu holen. Keiner hinderte ihn daran. Ein unnötiges Risiko, denn in jeder Drogerie hätte er eine Zahnbürste kaufen können.

Als Viveros Lambis sein Zuhause abermals verliess, diesmal mit der Zahnbürste in der Hand, wurde er festgenommen. Tage später verschwand er. Genauer gesagt: Man brachte ihn zum Verschwinden – mit dieser Präzisierung verliert das Wort die Dimension des Magischen und erhält die des Unheimlichen. Jedenfalls wurde seine Leiche nie gefunden. Vierzehn Jahre sind seitdem vergangen. Seine Schwester Marcela, eine Patientin von mir, sucht bis heute nach ihm. Alle ihre Leiden wurzeln in dem Trauma um das Verschwinden ihres Bruders.

»Einen Toten zu haben und keine Leiche, die man bestatten kann, dafür gibt es keine Worte«, sagte sie zu mir.

Das ist der Krieg, unser aller Krieg, dachte ich im Stillen.

Doch ich fürchte, ich bin vom Thema abgekommen.

Wünschte Horacio seinen Tod herbei? Suchte er dieses tragische Schicksal, war es eine dunkle Form, am Vater Rache zu nehmen, ihm Schuld aufzubürden? Ich kann gewisse Verhaltensweisen nicht einem ungreifbaren Unbewussten zuschreiben, das nach alter Theorie auf eine Weise arbeitet, die mir etwas esoterisch vorkommt. Suchten

Horacio und Rafael, jeder auf seine Art, die Opferrolle, die sie zu Heiligen machte?

In Bogotá erzählte mir Marielita von den Differenzen zwischen Horacio und dem Senator, ja von heftigen Auseinandersetzungen, in denen der besonnene Nicolás Maldonado gegen Horacios zynische Borniertheit fast immer den Kürzeren zog. Aber welcher Sohn revoltiert nicht gegen den Vater, fragte Marielita, wie um mir eine Lektion in Menschenkenntnis zu erteilen. Ich dürfte in meiner Unschuld nicht bedacht haben, dass ich nie jemandem die Stirn bieten musste. Da kam mir das Foto in den Sinn, das mir die Niña Lola gezeigt hatte: die unscharfe Gestalt meines Erzeugers, schemenhaft und ausdruckslos. Und ich gestand Marielita, dass ich mir oft gewünscht hatte, der Senator wäre mein Vater.

Jahrelang hatte sich mich überfallen, die Erinnerung an meine Jugendfreundin, an ihre dünnen Beine unter den gelben oder weissen Shorts, ihr Atmen und schmachtendes Stöhnen, wenn ich sie auf dem Bett streichelte. Scham heuchelnd hatte sie die Augen vor mir geschlossen. Wir haben über diese erotischen Spiele nie mehr gesprochen, auch nicht bei unserem abendlichen Treffen in Bogotá, als sie sich empört zeigte über die Wiederverheiratung ihres Vaters.

Es war ein grimmig verregneter Tag. Nachdem ich die Salons der Gesellschaft für Medizin verlassen hatte, bestieg ich ein Taxi. Die Fahrt wollte kein Ende nehmen. Von Huplärm umtost, schlingerte der Wagen durch den Wolkenbruch, der über der Carrera Séptima niederging. Ich halte mich für einen gelassenen Menschen, doch an diesem Abend riss mir die Geduld. Das war Bogotá, das war die Stadt, in der Marielita lebte! Trotz meiner Verspätung musste ich, unsicher geworden, im Restaurant der Calle 93, wo wir verabredet waren, auf sie warten.

Ich erkannte sie nicht gleich. Sie kam in Jeans und fuchsiafarbener Regenjacke mit Kapuze. Ihr Haar war zerzaust und angenässt, ihr Rucksack der einer ewigen Studentin. Kaum etwas erinnerte noch an ihren jugendlichen Körper, obgleich ich unter der Bluse die zarten Brüste erahnte, an denen ich mich hatte erfreuen dürfen.

Sie half mir bei der Wahl der Speisen und des Weins, den ich in meinem Etat nicht berücksichtigt hatte. Seit Jahren besuchte ich kein gutes Restaurant, kostete keinen Tropfen Alkohol. Nun aber lohnte es sich, schon nach dem zweiten Glas war Marielita überschwänglich. Der Wein rötete ihre Wangen. Frei von ihrem Kummer, strahlte sie eine attraktive Reife aus. Alte Merkmale Horacios traten in ihr Gesicht, dieser Schuss Ironie in Blick und Lächeln, und jedes Mal, wenn sie sich an den Kellner wandte, hatte sie eine samtene Autorität in der Stimme, vielleicht ein Erbe ihres Vaters.

Zuallererst fragte sie mich nach der Niña Lola.

Besser als ich konnte sie sich an den verwunschenen Spielzeugladen erinnern, an die zahllosen Glasperlen in den Glastiegeln, die Stoffpuppen, die farbigen Stirnbänder, die Schälchen und Schüsselchen, die Haarschleifen, die kleinen Hexenbesen, die Teddybären, den trommelnden Aufziehaffen und die Figuren der Krippe, die zu Weihnachten aufgebaut wurde. Wie gern sei sie in den Laden gegangen und habe, von meiner Mutter über den Brillenrand beobachtet, mit all den Sachen gespielt.

Selige Wehmut, sanfte Erinnerungsträumerei. Mir habe in dem ganzen Laden nur der trommelnde Aufziehaffe gefallen, sagte ich, doch der habe Horacio gehört, nicht mir. Ich war dazu verurteilt gewesen, ihn anzuschauen, ausgestellt in der Vitrine oder manchmal auf dem Ladentisch, wenn meine Mutter ihn einem der spärlichen Kunden vorführte. Horacio kam eines Tages und nahm ihn mit.

Der Spielzeugladen hiess San Expedito, am Eingang hing ein kleines Bild des Heiligen. Marielita konnte sich an alles haargenau erinnern. Sie hörte nicht auf zu reden. Und zu trinken. Ich mutmasste, dass sie sich einer Therapie gegen Schüchternheit unterzogen hatte und nun offenbar der gegenteilige Effekt eingetreten war. Der Alkohol tat das Übrige. Glücklich sei sie, sehr glücklich mit ihrem Studium der Politikwissenschaft. Der Senator habe ihre Entscheidung für das Fach Publizistik immer missbilligt. Enttäuscht von Horacio, den er als Armeleutedoktor abstempelte, als ambitionslosen Gesellen und naiven Rebellen, der nicht wisse, was er tue, habe er die Hoffnung gehegt, sie einmal als seine politische Nachfolgerin zu sehen.

»Aber auch ich habe ihn enttäuscht.«

Sie sagte es mit einem Beiklang forschen Triumphs in der Stimme. Trotzdem habe sie die Politik, genauer die Politologie, als ihre wahre Berufung entdeckt. Der Vater sei erfreut gewesen, er habe ihr sogar ein kleines Apartment in Universitätsnähe gekauft, sie häufig besucht und in die vornehmsten Restaurants eingeladen. In den wenigen Jahren nach Horacios Tod sei es ihr gelungen, ein gewisses Einverständnis mit dem Senator herzustellen. Der Alte habe sich bereit gezeigt, sie für seine Abwesenheit in ihrer Kindheit zu entschädigen, als er dann und wann zu Hause in Puerto E. auftauchte – ein Prominenter, aber Fremder – und sich sofort wieder ins Wahlkampftreiben stürzte. Diese Bereitschaft hatte sie sich zumindest eingeredet. Nie hätte sie die hinterhältigen Absichten des Senators geahnt. Der ausgefuchste Nicolás Maldonado hatte nur eines im Sinn: sich den Segen seiner Tochter zur heimlich geplanten Heirat mit Astrid Bonivento zu erkaufen. Als die Sache ruchbar wurde, nahm Marielita die Anrufe ihres Vaters nicht mehr entgegen und liess ihn wissen, dass sie ihn nie mehr sehen wollte.

Nie mehr.

Von der Heirat erfuhr sie aus den sozialen Netzen, sie las die hämischen Kommentare, das böse Gerücht, ihr Vater hätte den Mord an seinem eigenen Sohn in Auftrag gegeben. Die Heirat fand sie widerwärtig. Sie gebrauchte eben dieses Wort, nippte es weg mit dem Wein und blickte abwesend in die Ferne, bis sie auf eine alte Erinnerung stiess.

»Ich glaube, Astrid hat meinem Vater schon immer gefallen. Mehr noch, ich vermute, dass bereits vor ihrer Heirat mit Horacio etwas vorgefallen war.«

»Im Ernst?«

Sie schien zu zögern. Mit einem kräftigen Schluck fasste sie sich ein Herz und lüftete eine Erinnerung aus fernen Kindheitstagen.

Es war auf der Finca, auf die mich Horacio so oft eingeladen hatte, und es war Wochenende. Der Senator ruhte am Pool. Marielita hatte ihre Freundin Astrid mitgebracht. Die beiden waren noch keine zwölf. Irgendwann wollte Marielita dem Vater zeigen, dass sie schon schwimmen konnte, Horacio hatte es ihr beigebracht. Also sollte der Papa eine Vorführung bekommen. Mit eleganten, gleichmässigen Tempi durchmass sie den Pool, strikt den brüderlichen Anweisungen folgend, und berührte siegesstolz den Beckenrand. Doch als sie sich umdrehte, um den väterlichen Applaus einzuheimsen, sah sie Astrid rittlings auf den Beinen des Vaters sitzen, ohne dass die beiden von ihrer Glanzleistung Notiz genommen hätten.

Marielita fühlte Übelkeit. Sie bekam feuchte Augen.

»Ich glaube, mein Vater hat mich immer gehasst. Man sagt, er hätte meine Mutter angehimmelt.«

»Das habe ich auch von der Niña Lola gehört«, bestätigte ich.

»Dass sie bei meiner Geburt gestorben ist, konnte mir mein Vater nie verzeihen. Darum hat er mich immer gehasst. Immer. Und jetzt empfinde ich für ihn dasselbe. Nie werde ich ihm verzeihen, dass er Astrid geheiratet hat.«

»Er hat dir das Beste gegeben, Marielita.«

Nach einem Schweigen schoss sie ihre Frage ab:

»Sag mir die Wahrheit, Rodolfo …«

Ich wusste, was kommen würde.

»Stimmt es, dass mein Vater Horacio hat ermorden lassen, damit er Astrid heiraten konnte?«

Ich tat einen Schluck.

»Sicherlich nicht«, entgegnete ich entschieden.

Marielita musterte mich.

»Politik ist ein schmutziges Geschäft«, setzte ich nach, »Man greift zu Niederträchtigkeiten, wenn es darum geht, den Gegner in Verruf zu bringen. Du solltest es wissen.«

»Klar weiss ich es.«

»Der Senator musste die Zukunft seiner Neffen sichern. Darum hat er Astrid Bonivento geheiratet.«

»Ich … Ehrlich gesagt, Rodolfo, ich bin mir der Unschuld meines Vaters nicht so sicher. Etwas ist faul an der Sache.«

Insgeheim war ich derselben Meinung, hütete mich aber, es auszusprechen.

Wieder schenkte sie ihr Glas voll. Sie trank fieberhaft, mit langen, stetigen Zügen.

Wir verliessen das Restaurant (ich muss gestehen, dass die Rechnung für mein mickriges Einkommen zu hoch war), und Marielita lud mich in ihr Apartment ein. Sie servierte Whisky. Kippte ihn und wurde noch gesprächiger, noch schutzloser.

Nach Horacios Beerdigung habe sie, zurück in Bogotá, einen Traum gehabt. Ihr träumte, dass sie den Deckel vom Sarg hob und hineingriff, um den bäuchlings liegenden Toten zu wenden und die Schusswunde an der Schläfe zu sehen. Der Senator aber zerrte sie zurück, und sie liess es geschehen, weinte, ein zerknülltes Schnupftüchlein in der rechten Hand.

Puerto E. habe sie nach der Heirat ihres Vaters gemieden. Sie wollte Astrid nicht begegnen und schon gar nicht ihrem Vater. Zudem nervten sie die Tanten und kleinstädtischen Señoras mit ihren ewigen Fragen, wann sie nun endlich heiraten würde. Sie wünsche sich einen Sohn oder eine Tochter, aber keinen Ehemann, betonte sie. Auch viele ihrer Freundinnen hätten diesen Wunsch gefasst. In Puerto E. könne das niemand verstehen.

Vielerorts in der Welt wäre es schwer, das zu verstehen, erwiderte ich leicht ironisch.

Wir sahen gemeinsam in den Regen, der auf die Stadt fiel. Kleine Tröpfchen glitten über das Fensterglas. Nach Ende des Semesters würde sie vielleicht nach London reisen, um ihr Englisch zu verbessern und ihre Doktorarbeit zu entwerfen. Das Thema: Lokaldiktaturen, eine Idee, an der sie mit einem Professor des Masterstudiengangs arbeite.

»In Kolumbien«, erklärte sie sichtlich begeistert, »ist viel von der venezolanischen und der kubanischen Diktatur die Rede, aber kaum von den Lokaldiktaturen, das heisst, den Dörfern und Regionen, die von einem einzigen Potentaten, von Guerillagruppen, Paramilitärs oder Drogenkapos in Komplizenschaft mit den örtlichen Behörden beherrscht werden. Ich muss den Begriff noch schärfen.«

Es war eindeutig auf den Vater gemünzt. Eine akademische Arbeit als Abrechnung?

Sie erzählte von ihrem Leben als Studentin, erklärte, wie sehr sie der Grad der politischen Polarisierung überrascht habe. Eine Kommilitonin hätte die Ansicht geäussert, dass erst die Abwesenheit des Staates den Selbstverteidigungsgruppen den Boden bereitete. Daran habe sich eine heftige Diskussion über Krieg, Ethik, Zentralismus und Föderalismus entzündet, und sie, sonst schweigsam, habe sich ein Herz gefasst und mitdebattiert: Eine Sache sei es, in Bogotá zu pontifizieren, und eine völlig andere, dass dir die Guerilla die Rinder abschlachtet und dich entführt oder deine Angehörigen ermordet. »Haben Sie das mal erlebt, *profesor*? Was sollen die Leute machen? Sich umbringen lassen?«

Ich sagte, dass ich müde sei und am nächsten Tag früh hinausmüsse, aber Marielita überhörte es und nötigte mich zu einem weiteren Glas.

»Es gab eine Zeit, Rodolfo, da träumte ich davon, dich zu heiraten ...« Ein verschmitztes, spöttisches Lachen folgte. »Ich kann es kaum glauben, ich war verliebt in dich.«

Der Gedanke daran bereitete ihr Vergnügen. Mir nicht so sehr. Ich lächelte verlegen.

Dann enthüllte ich ihr, dass mir meine Mutter ein Verhältnis mit der Tochter des Senators verboten hatte.

»Ich habe sogar gedacht, wir wären Geschwister«, sagte ich, »und die Niña Lola und Nicolás Maldonado würden uns etwas verheimlichen.«

»Vielleicht sind wir's auch«, sagte sie belustigt.

»Die Niña Lola schwört das Gegenteil. «

»Über deinen Vater habe ich nie etwas gehört. Wer war er?«

»Ein Jurastudent, er hatte mit meiner Mutter eine kurze Affäre. Die Niña Lola war älter als er, und er anscheinend ein grosser Verführer.«

»Du hast ihn nie kennengelernt?«

»Nein. Ich habe nur ein verschwommenes Foto von ihm.«

»Lebt er nicht mehr?«

»Anscheinend ist er im Fluss ertrunken, als meine Mutter mit mir schwanger war. Wenigstens hat sie mir das mal erzählt, auf dem Friedhof. Aber ich glaube, sie hat nur die halbe Wahrheit gesagt.«

Wir unterhielten uns noch ein Weilchen: über die Tante Verónica und wie sie auf die Viehdiebe ballerte, über Horacio, der mit dem Senator in ständigem Hader lag, ihn Tag für Tag in Frage stellte, als korrupt und verachtenswert abkanzelte, etwas, das für mich eindeutig zu weit ging; über den Viehzüchter Gerardo Barbosa, der seinen Sohn umbrachte, über die unverbrüchliche Freundschaft und Sympathie, die Doktor Alfredo Cárcamo und Nicolás Maldonado füreinander hegten.

Und dann sprach ich sie aus, meine ganze Ehrfurcht für den Senator, dem ich meine ganze Existenz schuldete.

»Ohne seine Unterstützung hätte ich es nicht zum Arzt gebracht. Er schien mir nie ein schlechter Mensch zu sein, das habe ich Horacio immer zu verstehen gegeben. Und jetzt sage ich es dir, Marielita.«

»Aber er hat doch meinen Bruder ermorden lassen! Das sagen alle, Rodolfo.«

Ich bestritt es wiederum.

Der Regen draussen hörte nicht auf, und das Wetterleuchten zog unsere Blicke zum Fenster.

»Ich kenne meinen Vater besser als du. Ich weiss, wozu er fähig ist.«

»Er ist nicht viel anders als Gerardo Barbosa. Möglicherweise schlimmer.«

Ich schloss sie brüderlich in die Arme, wie es vielleicht Horacio getan hätte.

Im Morgengrauen verliess ich das Apartment und empfand ein wenig Mitleid mit ihr. Marielita war allein in der Welt.

Ich versprach zu schreiben. Einige Monate hindurch lief unsere Korrespondenz per E-Mail, gelegentlich riefen wir uns auch an. Vieles kam zur Sprache, ihre Lust, ein Doktorat in Barcelona zu machen, ihr grosser Wunsch, in ein Land zu ziehen, wo die Menschen einander nicht hinmordeten. Aber nie unsere Jugendliebe.

Dann brach unser Austausch unvermittelt ab.

Erst Jahre später sollte ich sie wiedersehen, in der Intensivstation, wo ihr Vater mit dem Tod rang. Sie bemerkte mich nicht. Und dort, in dem frostigen Raum, stellte Marielita ihrem Vater die Frage: »Hast du ihn töten lassen, Papa?«

Der Sterbende verharrte mit geschlossenen Augen.

VII

Meine Recherchen schienen festgefahren. Sie drehten sich in fruchtlosen Schleifen, während die Tage dahinrannen und das Verbrechen an Horacio der Erde des Vergessens anheimfiel. Gewiss sind in den letzten Jahren noch mehr und mitunter grausamere Verbrechen geschehen. Ich habe in einer Kladde die jeweiligen Daten notiert, die Namen der Opfer und, stichwortartig, die Todesumstände, als wäre ich ein Sammler von Horrorgeschichten oder Redakteur von Trauerannoncen.

Ich hatte diese Papiere eine Zeitlang nicht eingesehen, hatte mich gefragt, ob es nicht besser wäre, sie aufzugeben oder ein für alle Mal dem Müll zu überantworten. Aber ich beschloss, sie in meiner Nachttischlade ruhen zu lassen. Selten griff ich wahllos ein Blatt heraus, las ein paar Zeilen, korrigierte hier mit dem Rotstift einen Satz, entdeckte dort einen Fehler oder suchte nach einem Detail, das mir entgangen, jedoch der Lösung des Geheimnisses dienlich sein konnte. Tatsache ist, dass ich meine Nachforschungen zum Verbrechen an Horacio Maldonado lange vor sich hindämmern liess.

An Ausflüchten mangelte es mir nicht. Die plötzlichen Schwindelanfälle meiner Mutter, die Zuwendung, die sie benötigte, ihr rasanter geistiger Verfall, die von mir immerfort aufgeschobene Anstellung einer Krankenschwester zur Überwachung ihrer Medikamenteneinnahme veränderten meinen bequemen Tagesablauf.

Darüber hinaus war ich von meiner Arbeit vereinnahmt, und war es noch viel mehr seit dem Tag, an dem Doktor Cárcamo mich genötigt hatte, das Amt des stellvertretenden Direktors zu übernehmen. Die berufliche

Last steigerte sich zusehends, und eine gewisse Frustration machte sich in mir breit. Ich kritzelte sie mir von der Seele, auf Blättern, die ich gleich wieder zerriss, ventilierte mein Unglück, mich als einen Gesundheitsbürokraten zu sehen anstatt als den Wissenschaftler, der ich stets hatte sein wollen. Und das Schlimmste ist, dass ich mich mit diesem Schicksal abgefunden habe.

Als ich studierte, träumte ich – von Horacio beflügelt –, ein renommierter Immunologe zu werden, ein Forscher, der zwei, drei Impfstoffe entwickelt oder an einem Experiment mitwirkt, das die Geschichte der Medizin in ein Davor und ein Danach scheidet. Eine Klonierung, zum Beispiel, aber nicht eines Schafs oder einer Maus, sondern eines Menschen. In Interviews mit Journalisten sah ich mich den wissenschaftlichen Fortschritt gegen ethische Implikationen verteidigen. Heute bin ich nicht mehr als ein guter Arzt mit einer Handvoll Fertigkeiten in Pädiatrie und Neonatologie sowie vor allem – zu meinem Leidwesen – ein guter Verwalter. Doktor Cárcamo lobt mich unentwegt, würdigt meine Rechtschaffenheit und administrative Kompetenz. Ich aber fühle nichts als Überdruss. Mein Leben reduziert sich auf diese Arbeit und die Sorge für die immer verwirrtere und vergesslichere Niña Lola. Ich hatte es mir fürwahr anders vorgestellt.

Jetzt schlagen wir uns mit blutjungen, von halbseidenen Universitäten ausgeworfenen Kollegen herum, deren Konsultationen ich oft beaufsichtigen muss, obwohl sie im Durchschnitt keine zehn Minuten dauern und auf unergiebige Standardprocederes beschränkt bleiben. Vor rund sechs Monaten entlarvten wir einen Scheindoktor, der sich als Pädiater ausgab und den Tod zweier Kinder verschuldete, denen er ein letal wirkendes Laxativum verordnete, nachdem er eindeutige Symptome übersehen hatte. Die Untersuchung der Affäre kompromittierte den Ruf des

Spitals und des gesamten Kollegiums. Ich fühlte mich verantwortlich, zumal ich es war, der das Vorstellungsgespräch mit dem Hochstapler geführt hatte. Ich stürzte in tiefe Depression. Parlamentswahlen standen an, und in einem demagogischen Presseartikel zur Lage des Gesundheitswesens im Departamento wurde die Schuld für den Tod der beiden Kinder Doktor Cárcamo und indirekt Nicolás Maldonado zugeschoben. Es waren angespannte, schwarze Tage, wenngleich Doktor Cárcamo mir stets Rückendeckung gab und ein beruhigender Anruf des Senators mir das Gefühl vermittelte, der wichtigste Arzt in der Region zu sein.

Aus all diesen Gründen verschob ich den Besuch bei Celeste Arrieta. Ich hatte den damaligen Selbstschwur nicht vergessen, jeden Abend drängte er sich in meine Gedanken, vielleicht weil ich hoffte, Celeste würde selber im Spital erscheinen und mir den Weg zu ihr ersparen. Schliesslich setzte ich mir eine Frist: Sobald die Wahlen vorüber wären, wollte ich mit ihr reden. Und nach unserem Gespräch würde ich mich von neuem dem Verbrechen an Horacio zuwenden und dem Kern des Geheimnisses ein Stück näherkommen.

So geschah es auch.

Obwohl ich mir sicher war, meine Spitalsstelle sogar bei einer Niederlage des Senators zu behalten, beruhigte mich seine letzte Wiederwahl. Gegenüber der Wahl davor, als er infolge der Heirat mit Astrid Bonivento einer erbitterten Spott- und Rufmordkampagne ausgesetzt war, konnte Nicolás Maldonado seinen Stimmenanteil sogar erhöhen. Im Grunde war sein Mandat nie in Frage gestanden, auch wenn einige Rivalen hofften, er würde sich aus der Politik zurückziehen. Mitnichten. In einer seiner volltönenden Reden beteuerte er: »Gewehr bei Fuss werde ich sterben und immerdar ringen für das Wohl der Bürger von Puerto E.« Dieser Massenkundgebung wohnte ich bei, und ich musste beobachten, wie sich das Gesicht des Senators rot färbte. Dennoch dachte ich immer, es hafte ihm etwas Unsterbliches an.

Celeste Arrieta lebte in einem Viertel im Süden von Puerto E., wo die Wochenenden im Vallenato-Rhythmus dahinwummern, ausgestossen von potenten Soundmaschinen der Eckkneipen. An den Sonntagnachmittagen kommt der Wind vom Fluss in lauen Böen und wirbelt Staubwolken auf. Kinder spielen hemdlos in den Strassen, während ihre Eltern Bier trinken.

Mit Tochter Emilce, Schwiegersohn Grimaldo und ihren Enkelinnen bewohnte Celeste ein betongedecktes Häuschen aus Ziegelstein. Vier kahle Pfeiler liessen darauf schliessen, dass die Familie vorhatte, es aufzustocken.

Das Viertel war eine Neusiedlung, ursprünglich für kriegsvertriebene Campesino-Familien gedacht. Durch Vermittlung des Senators bekam Grimaldo noch eines der Nachbarhäuser, das seine Schwester und seine Mutter bezogen. Die Errichtung der Wohnstätten wurde, es sei nicht verschwiegen, Gegenstand einer Prüfung des departamentalen Rechnungshofs. Dabei kam ans Licht, dass die von Nicolás Maldonado empfohlene (vielleicht aufgezwungene) Baufirma einen Grossteil der kommunal bereitgestellten Mittel unterschlagen hatte.

Obwohl die Schuld offensichtlich war, verbüsste der Prokurist der Firma weder eine Gefängnisstrafe, noch erstattete er die Gelder zurück. Das Gerichtsverfahren wurde aufgrund von Fristversäumnissen eingestellt, und den Bewohnerinnen und Bewohnern blieb nichts anderes übrig, als ihre Häuser selbst fertigzubauen und auf den Anschluss an das Strom- und Kanalnetz zu warten. Das Wasser mussten sie jahrelang von einem Tankwagen holen, der drei Tage die Woche vor der Siedlungseinfahrt hielt. Dann konnte man, was für ein Anblick, Frauen und Mädchen sehen, die das Wasser in Kesseln, Kannen und Töpfen nach Hause schleppten.

Trotz des uneingelösten Versprechens wohnten in der Siedlung viele Wähler von Senator Maldonado. Die politische Arbeit Grimaldos, Celeste Arrietas und ihrer Tochter Emilce sowie eines evangelikalen Pastors, der einen saftigen Zehnten einstrich, mehrte sein Wählerkapital.

Kaum noch gehfähig mit ihren Krampfadern, das Haar ergraut, aber immer noch das schallende Gelächter einer drallen Köchin in der Kehle, empfing Celeste mich an der Haustür. Ihre von Herzen kommende Freude, begleitet von spontaner Umarmung, vermag ich nicht zu beschreiben.

Anstatt Niño Rodo sagte sie jetzt Docto zu mir.

Sie holte Korbschaukelstühle heraus und bewirtete mich mit kräftigem Kaffee, der ganz nach meinem Geschmack war. Wir gedachten vergangener Zeiten. Doch es kommt unweigerlich, das Alter, in dem sich nur noch über Beschwerden und Krankheiten reden lässt, in dem es die Gegenwart eines Arztes zu nutzen gilt, um bestimmte Symptome zu ergründen. Ich hatte es geahnt und vorsorglich Arzneien für geschwollene Füsse und eine Salbe gegen Krampfadern mitgebracht. Celeste litt an Gelenksschmerzen. Und sie konnte Sturzregen vorhersagen, weil ihr die Beine einschliefen.

Sie rief ihre zwei Enkelinnen, die Töchter von Emilce und Grimaldo, herbei, damit sie mich grüssten. Die Mädchen taten verlegen. Von Grimaldo, ihrem Schwiegersohn, sagte sie, dass der Gauner noch zwei Kinder mit einer anderen habe, doch den Wocheneinkauf besorge er regelmässig, und er kümmere sich auch um die Schulsachen der Kleinen. Sie sagte es ohne Groll, ohne Bitterkeit, und liess ein Lächeln folgen.

Celeste erkundigte sich nach der Gesundheit meiner

Mutter, der Guten, der Aufopferungsvollen, und fragte dann, warum ich nach wie vor Junggeselle sei.

»Ich habe gedacht, Sie werden die Niña Marielita heiraten, so vernarrt wie die in Sie war!«

»Vielleicht war ich nicht der Richtige…«

Dass meine Mutter mir diese Liebschaft verboten hatte und ich damals dachte, der Senator wäre womöglich mein Vater, verschwieg ich.

»Ein Arzt wie Sie nicht der Richtige! Wie können Sie sowas nur sagen? Jeder soll heiraten und Kinder kriegen, Docto, egal, ob er sich später wieder trennt. Die Niña Marielita ist auch nicht unter der Haube. Sachen macht diese studierte Jugend, die wollen mir nicht in den Kopf«, äusserte sie fast vorwurfsvoll.

Sie verfiel in einen mitleidigen Ton, wenn sie von der Tochter des Senators sprach, »die Ärmste, ohne Mutter aufgewachsen«, und musste an einige Gewohnheiten des Niño Horacito, »er ruhe in Frieden«, denken, an seine Umgangsformen, seine kleinen Kindheitstyranneien, die Zwiebelleber, die er zum Frühstück verspeiste.

»Und Sie, Celeste, glauben Sie, was noch so geredet wird?«

»Was denn, Docto…?

»Dass der Senator seinen eigenen Sohn hat ermorden lassen?«

»Was den Leuten nicht alles einfällt! Der Senator ist ein herzensguter Mensch, sowas würde er nie machen!«

Sie bekreuzigte sich. Dann führte sie die rechte Hand an die Lippen und drückte einen zarten Kuss darauf.

Wie es denn so gewesen sei zwischen Astrid Bonivento und dem Senator, fragte ich.

»Nun, Doña Astrid ist immer einsam und vergrämt zuhause herumgesessen. Mit Niño Horacio hat sie sich ja nie verstanden, die zwei haben einander nicht gefallen. Und nachdem die Kinder da waren, sind sie ihrer Wege gegangen.«

Ich spürte, dass sie mir mehr verraten wollte.

»Bitte, Celeste … Erzählen Sie mir ruhig, Sie können mir getrost vertrauen. Sie und ich, wir sind doch wie aus einer Familie.«

Sie fühlte sich geschmeichelt.

»Einmal, es war Abend, hat der Senator die Niña Astrid ganz verheult angetroffen. Sie war allein zu Haus. Und da hat er sie, denke ich, zu viel getröstet.«

Ein verschmitztes Lachen entfuhr ihr. Wie um es zurückzunehmen, machte sie aufs Neue das Zeichen des Kreuzes, kicherte aber weiter in sich hinein.

»Der Senator ist schliesslich ein Mann, und Sie wissen ja, wie die Männer sind. Don Nicolás, der hat noch Kraft in den Lenden.«

Und nach einem Lächeln:

»Ich gebe überhaupt nichts auf das Gerede, reines Geschwätz, eine derart gute Seele wie der Senator wäre zu sowas doch nicht imstande. Ausserdem hatte er es nicht nötig, weil … soll ich Ihnen was sagen?«

»Nur zu, Celeste.«

Sie senkte um eine Nuance die Stimme.

»Der Doktor Horacito war noch lange nicht tot, da hatte der Senator seine Sache bei Astrid schon weit vorangetrieben.«

Jetzt platzte das Lachen aus ihr heraus.

Emilce war herzugetreten und hatte den Schluss des Gesprächs mitgehört. Ungefragt bestätigte sie das Verhältnis, das noch zu Horacios Lebzeiten zwischen Astrid und Nicolás Maldonado bestand.

»Docto, war Ihnen nie danach, Lucero, die Tochter von Doktor Horacio, kennenzulernen? Wissen Sie noch?«

»Aber ja, Emilce.«

»Ich bin mit Eufemia, der Grossmutter der Kleinen, befreundet, sie leidet auch an Krampfadern«, sagte Celeste. »Wie es ihr wohl gehen mag.«

»Sie sollten das Mädchen und Magdalena, ihre Mutter, wirklich kennenlernen, Docto. Warum besuchen Sie sie nicht? Sie werden es Ihnen vergelten.«

»Ich habe es mir bereits vorgenommen, aber ich will auf Nummer sicher gehen«, sagte ich. »Erst will ich mich schlau machen, wie es um die Sicherheit dort drüben steht.«

»Einem Arzt krümmen sie kein Haar.«

»Wenn dem so wäre, würde Horacio noch leben«, hielt ich dagegen.

Ich wollte mich schon verabschieden, da tauchte Grimaldo Santoya auf. Er kam von der Finca der Maldonados, in einem alten Land Rover, und begegnete mir nicht ohne Respekt. Er hatte Mühe, meinem Blick standzuhalten, und war wortkarg, seine Antworten kamen einsilbig. Doch er bot sich an, mich nach Hause zu fahren.

»Steigen Sie ein, Docto.«

Es war nicht der Augenblick, um ein Verhör über das Verbrechen an Horacio Maldonado anzustellen.

Ich hatte mit Grimaldo erst bei zwei, drei Gelegenheiten gesprochen. Einmal auf der Finca des Senators, wo ich mit Horacio zum Schwimmen war. Grimaldo hatte uns gezeigt, wie man ein Rind gegen Maul- und Klauenseuche impft. Er nahm die klobige Spritze und stach sie dem Tier in den Rücken. Ich bat ihn, mich an einem anderen Rind versuchen zu dürfen. Er lachte nur. Ein andermal brachte er eine seiner Töchter ins Spital, sie hatte sich den Arm gebrochen. Ich selbst gipste sie ein. Er fragte, was er schuldig sei, und aus einem mir unerfindlichen Grund erwiderte ich:

»Der Senator hat bereits bezahlt.«

Grimaldo Santoya kannte viele Geheimnisse der Familie

Maldonado, vor allem der Tante Verónica. Er würde sie nicht preisgeben. Wegen seiner Loyalität, seiner Fähigkeit, Stille zu wahren und auf unliebsame Fragen zu schweigen, hatten sie ihn ja ausgewählt. Jedes Mal kratzte er mit einem pfiffigen Spruch die Kurve. Wie Celeste, wie Emilce, wie so viele andere Befehlsempfänger des Senators hatte Grimaldo einen guten, gehorsamsschuldigen Herrn gefunden. Vielleicht war auch ich Teil dieser Herde.

Als er mich vor meiner Haustür absetzte, wäre ich gern zum rüden Hollywood-Detektiv mutiert, um ihn mit satten Schlägen zu bearbeiten. Ein brachialer Wunsch, den ich allenfalls in Phantasienächten, aber nicht in der Wirklichkeit ausleben konnte. Selbst eine Verabredung zu ein paar Bier lag ausserhalb des Möglichen.

»Im Spital, Grimaldo, bin ich immer für Sie da, schauen Sie doch mal vorbei«, war das Einzige, was ich herausbrachte.

Mit blitzendem Humor, der die Plumpheit meines Ansinnens entlarvte, entgegnete er:

»Danke, Docto. Wünschen Sie mir nicht die Krätze an den Hals, ich bin kerngesund.«

Und prustete vor Lachen, ohne mich anzusehen.

»Man kann nie wissen«, sagte ich, als wollte ich mich entschuldigen.

Ich stieg die Treppe nach oben und wälzte den Gedanken an eine nochmalige Befragung Grimaldos, um ein wenig mehr über den Morgen jenes dritten Februar zu erfahren, an dem Horacio ermordet wurde.

Und in der Tat.

Ich sollte von Grimaldo Santoya etwas mehr erfahren.

Etwas.

Im Grunde nicht viel.

Mein Schreiben ist fast immer langsam. Vielleicht fürchte ich, nicht zu sagen, was ich sagen möchte, vielleicht bin ich mir nicht ganz sicher, auch alle Umstände des Verbrechens an Horacio präzise genug wiederzugeben. Ja, vielleicht bin ich nicht mehr als ein öder Chronist, rastlos, überakkurat, gar vorgestrig und zu kleinmütig, um zeitliche und sprachliche Experimente, wie sie in manchen Lehrbüchern empfohlen werden, auszuprobieren. Andererseits mag ich den provinziellen Herzschlag dieser Seiten, den langsamen Atem langer Sommerabende. So bin ich nun mal. Zuweilen.

Bei diesen Seiten, ich habe vorgewarnt, handelt es sich um keinen Roman. Ich will nichts anderes als über gewisse Tatsachen berichten, die mich umtreiben, weil sie in gewisser Weise mein Leben und mein Sein geprägt haben. Fest steht aber, dass es schwierig ist, eine mehrmals unterbrochene Niederschrift mit Elan wiederaufzunehmen. Doch jetzt habe ich die feste Absicht, dieses Buch zu Ende zu bringen. Die Ereignisse haben sich überstürzt, und sie sind noch unberührt wie ein frischgewaschener Morgen.

Mein Merkbuch enthält ein Zitat von Albert Camus, den ich in jungen Jahren sehr schätzte. Er war einer der wenigen Autoren, die ich nicht in der Bibliothek des Senators vorfand, eine persönliche Entdeckung, die mich über einen langen Lebensabschnitt hin begleitet hat. Camus sagt: »Die Wahrheit suchen heisst nicht, das Wünschenswerte suchen.« Ich erinnere mich ferner an ein Buchvorwort, in dem Ödipus als der edle Held gezeichnet wird, der von der Suche nach dem Mörder seines Vaters nicht ablässt, obwohl seine schrecklichen Erkenntnisse sich immer mehr zur Offenbarung seines Unglücks verdichten. Ich mag Camus, weil er eine instinkt- und gefühlsgeborene Wahrheit zulässt. Letztlich ist sie die einzig mögliche.

Eben darüber sprach ich mit Fabián Angarita an seinem Geburtstag. Eine Prachtausgabe von *Die Pest*, über das Internet bestellt, war mein Geschenk für ihn.

Aus Anlass seines 45ers hatte er zu einem Abendessen in sein Zuhause geladen, eine langgestreckte Wohnung in der Calle Santander. Angarita renommierte mit seiner musikalischen Bildung, seiner Latin-Jazz-Sammlung, seiner rechtswissenschaftlichen Bibliothek und mehreren Diplomen, die er in Barcelona erworben hatte.

Wir waren vier Gäste: ein mit dem Jubilar eng befreundeter Beamter der Staatsanwaltschaft namens Jorge Cifuentes, zwei Therapeutinnen, Kolleginnen von Angaritas Frau, die mit Kindern von Vertriebenen arbeiteten, und ich.

Edna und Melisa priesen die vielen Pflanzen: das Rankwerk am Eingang, die hängenden Farne, die Bougainvilleen an den Wänden. Pflanzen waren das Steckenpferd von Muriel Pantoja, Angaritas entzückender Frau. Durch das Wohnzimmer wirbelte, manchmal störend, der kleine Luciano, ein hyperaktiver Sechsjähriger, der in der Schule Probleme hatte, weil er der Obrigkeit eine lange Nase drehte. An diesem Abend führte nichts an den Computerspielen vorbei, so dass unser Zusammensein über weite Strecken von den monotonen Akkorden der Videogames und dem Gedudel von Mario Bros übertönt wurde.

Das Dinner erstreckte sich bis nach Mitternacht. Wir unterhielten uns so angeregt, dass ich mir nach dem Dessert mehrere Zigaretten und drei lange Whiskys gönnte, die meine Zunge lockerten. Es war Freitag, die Nacht schien die Freuden einer anderen Zeit fortzuspinnen, die Debatten an der Universität und die noch hitzigeren mit Horacio, als wir in die Welt erwachten und fühlten, dass es Zeit war, sie zu verändern.

Wir sprachen über so ziemlich alles. Über Politik natürlich, den nie endenden Krieg, die Wiederwahl des Senators und die Chance auf Friedensgespräche zwischen Regierung und Guerilla, über hyperaktive Kinder, *Der Fremde* und dessen Verfilmung mit Marcello Mastroianni, die ich in einem Cineclub in Barranquilla gesehen hatte, die Ehe und mein langes Junggesellendasein (eine der Therapeutinnen taxierte mich mit ungewohntem, vielleicht nicht anklagefreiem Interesse, während ich mich verteidigte), über die Teildemobilisierung paramilitärischer Blöcke und auch über die letzten Toten, die unweit des Bordells von La Pelúa aufgetaucht waren. Und dann kam, es konnte nicht anders sein, das fast schon vergessene Verbrechen an meinem Freund Horacio zur Sprache.

»Wie steht es damit, Rodolfo? Bist du noch dran?«, fragte Angarita.

»Wenn die Patienten und die Spitalsverwaltung es zugelassen haben. Vorerst habe ich nur Notizen. Und vielleicht das eine oder andere Kapitel, das ich überarbeiten muss.«

»Ich hoffe ja, diesen Roman irgendwann zu lesen.«

»Nun, es ist nicht wirklich ein Roman, denn nichts ist erfunden … Nicht einmal die Namen habe ich geändert. Jedenfalls werdet ihr, sobald ich fertig bin, meine ersten Leserinnen sein.«

»Doktor Cuesta ist auch Schriftsteller«, ergänzte Muriel Pantoja, sich an ihre Kolleginnen wendend. »Er hat in Zeitschriften und Tageszeitungen Lyrik publiziert.«

Sie bezog sich auf Verse aus Studententagen, abgedruckt in einer Zeitschrift der Medizinischen Fakultät, vielleicht auch auf einen Artikel über öffentliche Gesundheit, der es auf die Titelseite einer Regionalzeitung gebracht hatte.

Errötet, bemühte ich mich um Rechtfertigung:

»Ich wünschte, ich hätte mehr Zeit. Ich muss noch nach San Martín de los Campanos fahren und mit den Patienten von Doktor Maldonado sprechen. Auch eine Tochter kennenlernen, die er da drüben hatte, und Papiere von ihm einsehen.«

»Und worauf wartest du?«, fragte Angarita.

»Na ja, im Spital ist einiges zu tun, ich habe jetzt mehr Verantwortung.«

»Du kannst um einen Urlaubstag ansuchen«, wurde ich von Muriel unterbrochen. »Ich glaube nicht, dass es Doktor Cárcamo etwas ausmacht.«

»Hast du Angst, über den Fluss zu schiffen oder dir einen Sonnenstich zu holen?«, scherzte Angarita.

Ich lächelte.

»Es gibt Dinge, die man vor sich herschiebt und nicht anpackt.«

»Kann man überhaupt schon nach San Martín de los Campanos fahren, Doktor Cuesta?«, fragte eine der Therapeutinnen.

»Keine Ahnung, ich muss mich erkundigen.«

Jorge Cifuentes, der Beamte der Staatsanwaltschaft, zerstreute die Zweifel:

»Jetzt ist die Gegend ziemlich ruhig. Die Guerilla hat sich in die Berge zurückgezogen, und alles scheint unter Kontrolle. Militär ist vor Ort, und es gibt sogar einen Polizeiposten. Ich halte die Gegend für sicher.«

»Und was hast du an Neuem über das Verbrechen herausbekommen?«

»Im Grunde recht wenig«, antwortete ich Muriel.

Ich erzählte von meinem jüngsten Gespräch mit Celeste Arrieta. Möglich, dass ich mich im Dusel ein wenig verplapperte und die schon zu Horacios Lebzeiten bestehende Liebschaft zwischen Senator Maldonado und Astrid Bonivento erwähnte sowie meine flüchtige Begegnung mit dem Aufseher der Familie.

Grimaldo Santoya? Der Justizbeamte horchte auf. Er

bat mich, den Namen zu wiederholen. Ich tat es. Hm. Es hätte da einen Prozess gegeben, erinnerte sich Cifuentes, in dem ein Zeuge dieses Nachnamens ausgesagt habe. Auch Fabián Angarita konnte sich des Falls entsinnen, die Brutalität des Verbrechens hatte ihn schockiert.

Ungeachtet der späten Stunde und der Einwände der Frauen, dass ein Geburtstagsdinner nicht auf solche Weise ausklingen dürfe, liessen Angarita und Cifuentes es sich nicht nehmen, mir einen kurzen Abriss der Ereignisse von damals zu geben. Ich konnte mich dunkel an die Geschehnisse erinnern, ich hatte in der Sonntagszeitung darüber gelesen.

Es handelte sich um ein Massaker, das drei Jahre vor Horacios Tod geschehen war. Gut zwanzig Bewaffnete hatten in einer Ortschaft der Montes de María neun Männer, sechs Frauen und zwei Kinder getötet. Eines der Kinder, drei Jahre alt, wurde, so ein Überlebender, durch die Luft geschleudert und gegen den Randstein der Dorfstrasse geschmettert.

Es blieb nicht bei diesem barbarischen Akt. Nachdem sie die Campesinos ermordet hatten, enthaupteten die Täter deren Leichen in Gegenwart der Nachbarn, als Warnung, dass ihnen das gleiche Schicksal blühen könnte, wenn sie nochmals Lebensmittel an die Guerilla verkauften. Danach wiederholten sie das Massaker in anderen Weilern der Umgebung. Die Nachricht erschütterte das Land. Doch wurde sie, fortgespült von einer Kaskade von Verbrechen, die noch grausamer und gnadenloser waren, sehr bald vergessen.

Im Zuge der Ermittlungen identifizierte man das Kennzeichen eines LKW, den Grimaldo Santoya gesteuert hatte. Nach eigener Aussage hatte er die Männer nahe La Ye, der Stelle, wo sich die Strasse gabelt, abgeholt und zu einem Lebensmittelladen an der Ortseinfahrt befördert. Dass sie bewaffnet waren, habe er nicht wissen können, verteidigte sich Santoya.

Einem Anwalt gelang es zu beweisen, dass Santoya sich an den Wochenenden, wenn ihm seine Pflichten als Aufseher freie Zeit liessen, ein Zubrot als Taxichauffeur verdiente. In Wirklichkeit war Santoya nie im Beförderungsgewerbe tätig gewesen, geschweige als LKW-Fahrer, sondern arbeitete ausschliesslich für den Senator Maldonado, genauer: für dessen Schwester Verónica.

»Der betraute Staatsanwalt entschied, Santoya nicht in die Untersuchungen einzubeziehen. Aber es ist durchaus möglich, dass er den Auftrag erhielt, die Mörder abzuholen und an den Tatort zu führen«, sagte Angarita.

»Obwohl freilich nie nachgewiesen werden konnte, dass er von dem Verbrechen wusste, das seine Insassen begehen würden«, fügte Cifuentes hinzu.

»Aller Wahrscheinlichkeit nach wusste er davon. Ebenso der Senator Maldonado. Oder jedenfalls Doña Verónica, das liegt auf der Hand«, versicherte Angarita. »Man hat diese Señora nie vernommen. Und erst recht nicht den Senator.«

»Nie konnte man den Senator eines Verbrechens überführen«, wagte ich einzuwerfen, »und es wundert mich, dass ein Anwalt wie du ohne jeglichen Beweis solche Anschuldigungen in den Raum stellt.«

Angarita lächelte. »Wie naiv du bist, Rodolfo«, vermeinte ich seinem Brummen zu entnehmen.

Bevor ich ging, fragte mich Cifuentes:

»Interessiert dich die Akte?«

»Klar.«

»Gut, ich suche sie. Vielleicht findest du etwas, das dir für dein Buch von Nutzen ist.«

»Kommende Woche«, sagte Angarita, »machen wir Kopien und ich lasse sie dir zukommen.«

Ich dankte ihnen.
Doch dieses Material sollte mich nie erreichen.

VIII

Es war an einem Donnerstagabend, als ich nach einem Spaziergang über die Albarrada beschloss, die Fährkarte zu kaufen, mit der ich tags darauf nach San Martín de los Campanos reisen würde. Ehe mir Fabián Angarita versicherte, dass Freitag ein guter Reisetag sei, hatte ich die Sache hin und her gewälzt.

Mich beschlich eine böse Ahnung; dieses ungute Gefühl, das einen am Vorabend jeder Reise überkommt. Vielleicht hatte ich mich gesträubt, eine Schaluppe zu nehmen und den Fluss zu queren, weil ich fürchtete, es könnte sich an mir das Schicksal wiederholen, das meiner Mutter zufolge mein Vater erlitten hatte. Mich beunruhigte auch die Gesundheit der Niña Lola, der Umstand, dass sie ihre Medikamente oft vergass, gerne die Dosis variierte und in letzter Zeit oft auf die Strasse ging, ohne wieder nach Hause zu finden. Darum bat ich eine junge Krankenschwester, ihr während meiner kurzen Abwesenheit Gesellschaft zu leisten. Dennoch quälte mich der Gedanke an plötzliche Ohnmachtsanfälle oder Aussetzer mit fatalen Folgen.

Ich hatte mir die Begeisterung eines jungen Kollegen, Doktor Aguirre Tovar, zu Nutzen gemacht und diesem frischgebackenen, noch vom Feuereifer des Debütanten beseelten Absolventen meine klinischen und administrativen Aufgaben übertragen. Eine diensterfahrene Schwester würde ihm zur Seite stehen.

Doktor Cárcamo hatte ich nicht informiert, und dann, auf der Fähre, war mir zumute wie einem schulschwänzenden Knaben. Meine Freunde hatten recht: Ich musste mich befreien von dem Wust an Verpflichtungen, von der Überkorrektheit und Willfährigkeit, die ich Doktor

Cárcamo und Senator Maldonado gegenüber an den Tag legte.

Ein toter Hund, voller Fliegen, trieb an der Schaluppe vorbei. Die Kapitäne warfen einander morgendliche Grüsse zu, garniert mit derben Scherzworten. Den Steuermann meines Boots nannten sie *Tigre Mono* – er hatte strohblondes Strubbelhaar, Katzenaugen und überhaupt einen katzig kecken Ausdruck.

Nach langer Zeit überquerte ich endlich wieder den Fluss. Ihn zu befahren macht uns stärker, lauterer, weniger misstrauisch. Auch diese Fahrt kam einer inneren Reinigung gleich, und ein Gefühl von Erfülltheit nahm mich ein. Ich liess die Hand durch die Strömung gleiten und dachte an Magdalena Berrocal. Vielleicht würde sie mich über Horacios Leben, vor allem sein Ende aufklären. Ich dachte an meinen Vater und die von meiner Mutter verbreitete Version seines Todes, und mein Wohlbefinden auf dem Wasser liess mich daran zweifeln. Die Sonne fing an zu brennen, aber diesmal hatte ich eine Baseballkappe mitgenommen.

Wir legten in Bodeguita an, einem staubigen Weiler, der jetzt ein Militärposten war. An der Anlegestelle empfing uns eine grosse Tafel mit Danksagung an die Nationale Armee, die der Region »den Frieden zurückgebracht« habe. Halbwüchsige Soldaten filzten auf der Holzmole Gepäck und Passagiere. Mein Arztkoffer machte den bewaffneten Jungen stutzig.

»Nur weiter, Docto«, sagte er, nachdem er ihn durchsucht hatte.

Ich stieg in einen Sammeljeep, der lange nicht losfuhr. Nach anderthalbstündiger Fahrt auf ungeteerter Strasse kam ich in San Martín de los Campanos an. Zum Haus von Magdalena Berrocal hatte ich mich bald durchgefragt. Es war an einer Coca-Cola-Reklame zu erkennen, der

Name des Ladens stand in schwarzer Schrift darunter: *Las Brisas*. Zwei mächtige Mandelbäume legten ihre Schatten über den Eingang, eine rohe Bank schien für die Kunden reserviert.

Es war ein einzeln stehendes Haus am Ende einer pfützenbedeckten Strasse, in der drei hemdlose Kinder mit einem Kreisel spielten. Rechteckig und tief nach hinten gestreckt, war es grösser und gediegener als die anderen, teilweise noch mit Palmblättern bedachten Behausungen. Es schien, als sei es gerade errichtet worden, an den Seiten waren noch Lehmziegel zu sehen, unregelmässig geformt und notdürftig mit Zement verputzt. Die Fassade aber war makellos getüncht und hatte eine geschnitzte Holztür. Den Laden hatte man provisorisch in dem wohl ersten Raum des Hauses eingerichtet, ein vergittertes Fenster schaute auf die Strasse. Eine Tür trennte ihn vom Wohnzimmer, und an dieser Schwelle sass sie. Eine junge Frau mit losem schwarzem Haar, den Blick auf den laufenden Fernseher gerichtet. Sie bemerkte meine Anwesenheit und stand auf. Mit warmer Stimme, die ich heute noch höre, sagte sie: »Zu Diensten.«

Ich bat um eine Flasche stilles Wasser. »Und gut gekühlt«, ergänzte ich.

Ich sah, wie sich Magdalena über den Kühlschrank beugte, und ein Stromstoss durchzuckte mich, ein tiefes Innewerden. Augenblicklich wurde mir klar, warum sich Horacio in diese Frau verliebt hatte. In keiner ihrer Gesten lag ein Schatten von Affektiertheit. Ihre Sinnlichkeit war urwüchsig, unschuldig. Als sie mir die Flasche reichte, dachte ich, dass auch ich alles liegen und stehen lassen und für immer bei ihr bleiben könnte. Vielleicht sah ich Magdalena mit demselben Blick, mit dem Horacio sie vor neun Jahren gesehen hatte. Grosse schwarze Augen, straffe Arme, stramme Beine. Sie trug ein dünnes, luftiges Kleid.

Ich sagte ihr, wer ich sei und was mich herführte. Sie sah mich prüfend an. Dann verschwand sie im Inneren des Hauses. Die Tür, dachte ich, würde mir verschlossen bleiben.

Magdalena war sechzehn, als Horacio sie schwängerte.

Ich möchte das Verhalten meines Freundes nicht schönreden, aber das Leben in diesen Dörfern geht einen viel zu schnellen Gang. Was man nicht kennt, darüber lässt sich nicht reden und leichtfertig urteilen. In diesen fernen Gegenden verkauft ein Mädchen bereits mit sechs Jahren Arepas auf der Strasse. Es ist nicht zur Schule gegangen und kann dennoch rechnen. Der Schritt vom Mädchen zur Frau kennt kein Dazwischen, und er ist von früher Mutterschaft geprägt. Mit zwölf, vielleicht nach ihrer zweiten Menstruation, ist die kleine Arepa-Verkäuferin bereits von ihrem ersten Mann geschwängert worden. Und wenn er sie verlässt, wird sie vor ihrem fünfzehnten Jahr Kinder von zwei bis drei weiteren Männern bekommen. Ich habe im Kreisssaal des Spitals San Juan de Dios Neun- und Zehnjährige sterben sehen, ein ums andere Mal von den Männern der Kriegsparteien vergewaltigt. Horacios Tochter, dachte ich, dürfte in diesem Alter sein. Bald würde sie das Schicksal ihrer Mutter erfahren. Und ich sagte mir, meine Aufgabe sei es, eine Wiederholung der Geschichte zu verhindern. Möglich, dass es bloss gute Absicht war und kein eingewurzelter Vorsatz. Einmal zurück in meiner Alltagsroutine eines Provinzdoktors, würde ich Magdalena und Horacios Tochter binnen Stunden vergessen haben.

Ich wartete. Auf irgendeinem Baum sangen Vögel. Ein Mann kurvte mit dem Fahrrad vorbei, ohne herüberzublicken.

Magdalenas Mutter war es, die mir die Tür öffnete und mich bat, ihr zu folgen. Sie begegnete mir mit einer Liebenswürdigkeit, die mich betreten machte. Die Frau war schwer, ihre Bewegungen langsam und müde.

An der Wand, den Raum beherrschend, hing ein Porträt von Horacio Maldonado. Auf dem Couchtischchen, neben einem zeitfremden Porzellanelefanten, entdeckte ich ein weiteres Bild: Horacio mit seiner Jüngstgeborenen im Arm. Ich verweilte bei dem Foto und fragte mich, ob es sein letztes gewesen sei.

Sie liessen den Fernseher laufen, stellten ihn nur leiser. Ich nahm auf einem Sessel Platz, nahe dem kühlen Luftstrom, für den ein kleiner Ventilator sorgte. Ich schwitzte noch immer.

Magdalena schien am Fortgang der Telenovela interessiert: Ein Augenarzt, gefangen zwischen zwei Frauen. Einer Blinden und einer Bösen, diese aus adeliger Familie, aber so gut wie bankrott infolge der ruinösen Geschäfte des Vaters. Der Arzt sollte die arme Blinde heilen, würde sie vielleicht sogar heiraten. In der ausgestrahlten Folge musste die Böse die Gelegenheit ergreifen, den Arzt – Carlos Ernesto sein Name – zu verführen, um ihre finanzielle Schieflage zu richten.

Doña Eufemia, Magdalenas Mutter, setzte mich ins Bild:

»Aber es passiert schon lange nichts, immer das gleiche und von wegen, dass sie die Blinde operieren«, fügte sie enttäuscht hinzu. »Schauen Sie Telenovelas, Docto?«

»Ich nicht, aber meine Mutter. Sie lässt keine aus.«

Doña Eufemia und Magdalena berichteten von sämtlichen Telenovelas, die auf den verschiedenen Kanälen liefen.

Dann sagte Magdalena:

»Der Doktor Horacio hat mir viel von Ihnen erzählt, er hat gesagt, Sie sind ein Arzt mit Leib und Seele, einer, auf den man sich verlassen kann, wenn die Kleine mal krank wird.«

»Ein Heiliger war dieser Arzt, sag ich Ihnen«, ergriff Doña Eufemia wieder das Wort. »Einer, wie ihn dieses Dorf noch nie gesehen hat. Angebetet haben ihn die Leute. Er hat kostenlos behandelt. Das Haus hier war eine Hütte. Wie er sich bei uns niedergelassen hat, haben wir es kleinweis hochgezogen.«

Sie klärte mich auf, dass die beiden jungen Berrocal, die man zu Unrecht des Mordes an Horacio angeklagt hatte, nur vonseiten des Vaters, eines Lotterieverkäufers und Glücksspielunternehmers, mit Magdalena verschwistert seien.

»Auch schon gestorben«, schob sie nach. »Der Gram über den Tod von den zwei Söhnen hat ihn langsam, aber sicher aufgefressen. Von dem Schlag hat er sich nie mehr erholt. Die zwei waren gesunde, tüchtige Jungs. Ihnen einen Mord anhängen, dafür hat die Welt keine Worte. Dafür werden sie büssen, Docto, man büsst für alles in diesem Leben. In diesem oder im nächsten.«

Sie stockte, Schmerz und Jammer in der Stimme, bei jedem Satz.

Darauf klagte sie über die Krampfadern, und ich sah mir ihre Beine an. Sie waren gedunsen. Ich nahm das Stethoskop und hörte ihre Lunge ab. Der Atem ging etwas schwer. Sie müsse ihre Ernährungsweise ändern, weniger Mehl und Zucker essen. Dann zog ich aus meinem Koffer die Salbe, die ich auch Celeste geschenkt hatte.

Doña Eufemia sprang auf vor Freude.

»Der Herrgott vergelt's Ihnen, Docto, das ist dieselbe Pomade, die mir der Doktor Maldonado verschrieben hat. Hier im Dorf kriegt man sie nicht mehr.«

Magdalena schaute nach wie vor die Telenovela.

Horacios Sprechzimmer sei noch so, wie er es hinterlassen habe, sagte Doña Eufemia.

»Da hier war das Wartezimmer. Freilich haben immer

auch Leute draussen auf der Strasse warten müssen. Der Doktor wollte das Nachbargrundstück kaufen, wollte eine Klinik aufziehen.«

Im Korbschaukelstuhl wippend, redete sie weiter über meinen Freund.

»Seinen Vater hat der Doktor nie gemocht. Ein ganz übler Mensch ist das, hat er immer gesagt, aber ich hab ihm nie geglaubt, wer weiss, welchen Zoff sie miteinander hatten, Vater und Sohn. Schauen Sie, der Senator hat diesem Viertel das Wasser gebracht. Das kann keiner bestreiten. Mit der Wasserleitung hat es zwar Jahre gedauert, und zweimal die Woche rinnt nichts aus dem Hahn … Doch sei's drum, das Wasser, das schulden wir dem Senator.«

Es liess sich nicht bestreiten. Der Anschluss war um die Zeit der ärztlichen Missionen erfolgt, der Senator hatte sogar eine Aufbereitungsanlage eingeweiht, bevor San Martín de los Campanos unter die Herrschaft der Guerilla fiel.

»Leben Ihre Eltern noch, Docto?«

»Nur meine Mutter. Meinen Vater habe ich nie gekannt.«

»Wie bedauerlich, Docto. Ist Ihr Vater schon lange tot?«

»Er ist vor meiner Geburt gestorben.«

Stille trat ein.

»Und hat Ihnen Ihre Mutter erzählt, wie sie sich kennengelernt haben?«

»Ehrlich gesagt, kaum.«

Magdalena sprang mir bei. Sie solle nicht länger nerven mit der Fragerei, sagte sie zur Mutter und lud mich im selben Atemzug zum Mittagessen ein. Da bat ich sie, mir Horacios Sprechzimmer und seine Papiere zu zeigen. Von dem Tagebuch, das Graciela Barrios erwähnt hatte, sagte ich kein Wort.

Ich folgte Magdalena durch den Flur, den Blick auf ihre mächtigen Hüften geheftet, die ruckenden Bewegungen unter dem luftigen Kleid.

Wir betraten das Sprechzimmer, in dem Horacio seine Patienten versorgt hatte. Die Luft war schwer. Ich öffnete ein Fenster, das auf den Hof ging. Hinter einem Grundstück, hinter der Palisade, die es umfriedete, und einem Stück Ödland schwemmte der Fluss seine Ladung Treibgut und Taruyas vorbei. Denkbar, dass Horacio ans Fenster trat und ihn vorüberströmen fühlte, dass er, wie ich in diesem Augenblick, seine Fluten roch. Der Fluss ohne Ende. Der alte Fluss, ewiger Gott erdiger Gewässer. Wie Horacio und ich ihn liebten.

Ein Schreibtisch, darauf ein kleiner Ventilator und ein Plastiktotenkopf mit Zigarette zwischen den Lippen; zwei Stühle für die Patienten und dahinter, unter dem Fenster, eine Ledercouch mit drei Sitzen; an der Seitenwand ein Holzschrank mit Fläschchen und Arzneien, vis-a-vis eine metallene Trage; darüber ein gerahmtes Foto von Horacio und die Teilnahmebestätigung einer Fachtagung.

Ich setzte mich auf seinen Bürostuhl und versuchte die drei Schreibtischladen zu öffnen. Keine gab nach.

»Ich hole die Schlüssel, Docto«, sagte Magdalena und ging aus dem Zimmer.

Horacio war spürbar gegenwärtig. Ich betrachtete sein Foto und musste an unsere Zeit an der Medizinischen Fakultät denken, als ich glücklich war, immer in seinem Schatten. Vielleicht wollte mir sein Bild etwas sagen.

Magdalena kam mit einem Schlüsselbund zurück. Die Schlüssel seien mit der Nummer der jeweiligen Lade gekennzeichnet, erklärte sie und legte den Bund auf den Tisch. Bevor sie wieder hinausging, stellte sie den Ventilator an und sagte:

»Ich rufe Sie, wenn es mit dem Essen so weit ist.«

Ich schloss die erste Lade auf. Sie enthielt einen Haufen Spritzen, Nadeln und verfallene Medikamente, fast durchweg Antibiotika, eine Mappe handschriftlicher Krankengeschichten, Ausschnitte aus Ärztejournalen und eine Studie über die Behandlung von Tropenkrankheiten.

Akkurat wie ich bin, machte ich mich daran, die Sachen neu zu ordnen. Ich räumte die verwendbaren Medikamente in den Schrank, warf die verfallenen in den Papierkorb, reihte die Spritzen längs der Tischkante auf.

Ich öffnete die zweite Lade und fand wiederum Medikamente, Zeitschriften, eine Mappe mit Krankengeschichten, zwei karierte Hefte sowie mit Rotstift beschriebene Blätter. Hefte und Blätter sonderte ich aus. Es gab auch vier offene Umschläge mit den dazugehörigen Briefen und eine kleine Schatulle mit vier postkartengrossen Fotos: Horacio auf dem Land, von frohlächelnden Kindern umringt; Horacio mit Marielita, beide halbwüchsig, im heimischen Wohnzimmer, dahinter der Senator im Schaukelstuhl; Horacio in Schülerhaltung vor einer Landkarte Kolumbiens; Horacio mit Doktor Barrios und zwei weiteren Kollegen, offenbar auf einem Ärztekongress.

Auf jedem Foto blickte er in die Kamera, selbstsicher, unverwüstlich. Eine Todesahnung war seinem Gesicht nicht abzulesen.

Ich sah die Umschläge durch. Die ersten zwei waren unschwer als Liebesbriefe auszumachen, gezeichnet von Graciela Barrios. Beim dritten handelte es sich um einen Eilbrief, in dem sie Horacio drängte, San Martín de los Campanos »auf dem schnellsten Wege« zu verlassen und erst zurückzukehren, wenn sich die Wogen gelegt hätten. Das letzte Schreiben war die Einladung zu einem Absolvententreffen, auch ich hatte es erhalten.

Es gab keine gemeinsame Aufnahme von Horacio und mir. Ich entsann mich, dass wir bei seiner Hochzeit zwei, drei Fotos geknipst und auf sein Glück angestossen hatten. Möglicherweise waren sie in keinem Album vorhanden oder wurden gar nicht entwickelt.

Ich brauchte eine Weile, bis ich die handschriftlichen Blätter geordnet hatte. Sie waren beidseitig beschrieben. Ich überflog das erste Heft und musste bei einem Satz innehalten. Er stand allein auf einem Blatt, als eine Art Fazit: »Ich weiss, dass sie mich töten werden, doch es gibt wichtigere Dinge als das Leben.« Ein Stück darunter war in kleinerer Schrift zu lesen: »Das habe ich aus einer Linie im *I Ging* gelernt, dem Buch, das Graciela mir geschenkt hat.«

Ich las weiter.

Um eins rief mich Magdalena zum Mittagessen. Da lernte ich Lucero kennen. Sie kam aus der öffentlichen Schule, wo sie die vierte Klasse besuchte.

»Er ist ein Freund von deinem Vater«, sagte Doña Eufemia.

Ich lächelte sie an und gab ihr einen Kuss auf die Stirn.

Horacios Tochter hatte seine Augen, seine Nase, sein Kinn. Im Profil war sie ihm geradezu aus dem Gesicht geschnitten. Das Haar schwarz wie das der Mutter. Sie trug ein rotes Schürzchen, darunter eine weisse durchschwitzte Bluse. In den letzten Monaten, so ihre Grossmutter, sei sie ›mordsmässig‹ aufgeschossen.

Lucero mied, während wir assen, meinen Blick.

Magdalena erklärte ihr, dass ich Arzt sei, wie der Papa.

Ich kehrte in der Zeit zurück und erzählte von meiner Freundschaft mit Horacio, von den glücklichen Jahren, als wir durch die Lagunen streiften, von dem Tag, als wir ein Kanu heuerten und uns in ihrem Labyrinth verloren. Es fiel mir nicht schwer, unsere Studentenzeit heraufzurufen, die Nächte, die wir zusammen dieselben Lehrbücher paukten, die ersten Praktika, die Tag- und Nachtdienste im Spital von Puerto E. Die gemeinsamen Comic-Nachmittage auf der Dachterrasse und mein geheimes Liebesgeplänkel mit ihrer Tante Marielita behielt ich für mich. Dafür sprach ich Horacios alten Wunsch aus.

»Er hat immer gewollt, dass seine Tochter eine Tänzerin wird. Tanzt du denn gern, Lucero?«

»Sie liebt es«, antwortete die Mutter an ihrer Statt. »Sie tanzt und tanzt, sogar allein in ihrem Zimmer.«

Lucero beguckte mich leicht verlegen. Wie schnell sie dahingeht, die Zeit. Ich hatte die Kleine in den Armen ihrer Mutter gesehen, bei der Messe, als sich Pater Fídolo in Lobpreisungen meines toten Freunds überschlug. Bald würde sie eine Frau sein und anderer Horizonte bedürfen. Bald würde ich vielleicht auf sie schauen müssen. Keine schlechte Art, Horacio zu ersetzen, sagte ich mir, ein bisschen er zu sein. Denn letztlich war das, ich musste es mir eingestehen, immer mein Lebenswunsch gewesen.

IX

Doktor Barrios hatte nicht geirrt. In Horacio steckte eine literarische Unruhe. Meistens schrieb er nachts. Schrieb er am Computer, konnte ihm die Nacht zum Tag werden. »Die Stromausfälle sind meine schlimmsten Kritiker«, vermerkte er eingangs eines Heftes, möglicherweise in einem Augenblick, als es ihm an Schreibstoff mangelte. Sie mochten auch der Grund sein, weshalb er Krankengeschichten nicht auf dem Computer oder dem USB-Stick speicherte. Im Übrigen war es damals schwierig, sich mit dem Internet zu verbinden, erst recht an einem so abgeschiedenen Ort wie San Martín de los Campanos.

Es war nicht leicht, die Materialien inhaltlich zu ordnen. Ich machte mir zwar Stichwörter und übertrug ganze Sätze in meine Kladde, aber Horacio war kein Freund von Ordnung und Struktur. Er gehörte nicht zu denen, die ein fortlaufendes, vom Kalenderdatum bestimmtes Tagebuch führen. Wahllos sprang er von einem Thema zum nächsten, und im Fieberstrom seines Denkens kam alles durcheinander. Er vermischte ärztliche Notizen mit Zoten, Couplets, Gedichten, persönlichen Dingen und Reflexionen über das Leben, die Liebe und das Land. Das Geschriebene brach ab, wies Streichungen und Korrekturen auf. Eine Übertragung wäre einer Verstümmelung gleichgekommen oder hätte geheissen, Witze über Schwestern und Patienten wiederzugegeben. Und was tun mit den Rändern, voll labyrinthischer Gekritzel, konzentrischer Kreise, bärtiger Strichmännchen, Zeichnungen von Maskierten?

Es gab Stellen, aus denen ein genussvolles Ressentiment sprach. Jedes Mal, wenn von seinem Vater die Rede war, verrieten die Schriftzüge eine innige Wut. Zum Beispiel:

»Wie Doktor Benavides sagte: Mein Vater ist ein perverser und niederträchtiger Mensch.« Die letzten vier Wörter, dickstrichig hervorgehoben, schien er mit wilder, morbider Lust ausgekostet zu haben.

Später schilderte er haarklein den Diabetes eines Guerillakommandanten, der regelmässig Glucotrol benötigte. Dann schwenkte er zu seinem Vater zurück. Anders als Marielita behauptete er, dass der Senator zeitlebens nur seine Tochter geliebt habe. Nie habe er ihr die Schuld an Mariela Hadads Tod gegeben.

Nach Ausführungen über das »Geheimnis Frau«, über die Unmöglichkeit eines Lebens ohne dieses Komplementärwesen – »ob Mutter, Tochter, Schwester oder Geliebte« – erging er sich in Schwärmereien für Graciela Barrios, verkürzt auf die Initialen GB, »meine Zwillingsseele«. Gar nicht gut kam Astrid Bonivento weg. Bereits mit dreizehn, »vielleicht schon früher«, habe sie ein Verhältnis mit dem Senator gehabt. Nichts stand davon, dass sie ein Opfer seines Vaters war, anscheinend wurde die Sache sowohl von dem Mädchen als auch »womöglich« von ihrer Familie gebilligt. Marielita habe als unfreiwillige Komplizin der jugendlichen Besuche auf der Finca fungiert, »wo mein Vater sich an Astrid vergangen haben dürfte«.

Wie er zu dieser Mutmassung kam, liess sich nicht nachvollziehen, doch machte er keinen Hehl aus seinem viszeralen Abscheu gegen seine Ehefrau, diese dem Senator gefällige, unterwürfige, willfährige und widerstandslose Person. Er belegte sie durchgehend mit schlechten Eigenschaften. Seine Heirat bezeichnete er als Schachzug des Senators, um das Mädchen für die gewährte Gunst zu entschädigen. Irgendwie habe er sie in seiner Nähe, »in Griffweite«, haben wollen. Die Stelle endete mit dem Satz: »Mein Vater ist zu allem imstande.«

Dieser Abrechnung folgte ein langer und verworrener

Gedanke über die Seele, das Ressentiment und die Unmöglichkeit zu verzeihen. Und weiter unten eine wüste Bemerkung, senkrecht über den Rand geschmiert: »Besser, man lebt zerstreut und ohne viel zu fragen, wie Doktor Rodolfo Cuesta, mein Herzensbruder.«

Dergleichen war mir nicht neu. Ich kannte diese Einschätzungen seit Studententagen, als er mir immer wieder mein Schweigen im Unterricht vorwarf und meine ihm unerklärliche Gleichgültigkeit in Bezug auf die Figur meines Vaters, der ihn bisweilen mehr zu interessieren schien als mich selbst. Meist wich ich aus. Mein Vater, das sei ein unscharfes Foto und ein Name auf einem Grabstein, entgegnete ich. Und um mich aus der Affäre zu ziehen, fügte ich an: »Er ist im Fluss ertrunken.« »Bist du dir sicher?«, erwiderte er. Ich berief mich auf meine Mutter. Horacio sah mich an. In seinem Blick mochte eine Spur Mitleid liegen.

Jedenfalls freute es mich, dass er die Formulierung »mein Herzensbruder« mehrfach rot unterstrichen hatte, als hätte er die Zuneigung betonen wollen, die uns verband.

Dann, Seiten später, die Erinnerung an den Mord an Gerardito Barbosa. Dessen Vater, so Horacio, gehöre zu jenen Viehzüchtern, von denen das meiste Geld für die Paramilitärs gekommen sei. Er erwähnte eine Art »Vorstand«, das berüchtigte Komitee, zu dem er den Senator, die Tante Verónica, Barbosa, zwei weitere Grossgrundbesitzer und Doktor Cárcamo höchst persönlich rechnete. Sein Urteil über die Zukunft der Region fiel vernichtend aus. Jahrelang würde der Krieg noch toben, würde Tote fordern, vor allem unschuldige Campesinos, Bewohner entlegener Weiler, die man abschlachten und ihres Landes berauben würde. »Alle sind und bleiben wir Komplizen«, schloss er in mehrmals nachgezogener Blockschrift.

Am Ende des ersten Hefts enthüllte Horacio die Existenz einer schwarzen Liste, auf der sein Name zuoberst stehe, und mehrere ›herzliche Einladungen‹, die Gegend zu verlassen und seinem Dasein als ›Terroristenarzt‹ abzuschwören. Es folgte, in Kleinschrift, eine ›drohende Empfehlung‹, die er von Doktor Cárcamo nach einer Begegnung im Spital bekommen hatte: »Wenn Sie nicht achtgeben, Horacio, wird Sie nicht einmal Ihr Vater retten können.«

Ich blätterte ein paar Seiten zurück, suchte nach einem Anhaltspunkt für eine eindeutige Verstrickung von Nicolás Maldonado. Horacio verurteilte sie durch die Bank: den Senator, Gerardo Barbosa, seine Tante Verónica, »noch gefährlicher als mein Vater«, sogar Doktor Cárcamo, der ein Komplize der Intrigen und Machenschaften des Senators und sein Strohmann im Komitee sei, wie bereits Doktor Barrios behauptet hatte.

Die Zeilen schienen von eingefleischter Wut diktiert. Vielleicht schrieb Horacio nur, um sich frei zu machen, um ein Gift loszuwerden. Fest steht, dass ich in seine dunkelsten Seelengründe blickte, in Gefühle, derer ich ihn nie für fähig gehalten hätte.

Draussen rückte der Nachmittag voran. Sonnenfäden sickerten durchs Fenster und liessen Myriaden Staubteilchen flimmern. Der Ventilator erzeugte ein eintöniges Geräusch. Ich sah das Kreisen seiner Schaufeln, das träge war und nicht kühlte. Alle Hitze der Erde schien sich an der Decke des Raums zu ballen. Ich knöpfte mein Hemd auf und lehnte mich auf dem Stuhl zurück, bereit für ein wohliges Nickerchen.

Bilder einer anderen Zeit drängten herauf, Stimmen, Gebärden, die Helle jenes Nachmittags, wenige Tage nach dem Mord an Gerardito, Horacio und ich, nur ein paar Meter von der imposanten Erscheinung seines Vaters entfernt, die Stimme seiner Gefolgsleute, die den Mord guthiessen und den Viehzüchter von jeder Schuld freisprachen. Und ich malte mir die fast gleiche Szene aus, den Blick des Senators, seine erhobene Hand, eine Geste schweigender Billigung, kein Befehl, aber auch kein eindeutiges Nein, eine leise Gebärde, die Horacios Schicksal fast unmerklich besiegelte.

Während ich die Hefte von Neuem durchsah, verfiel ich darauf, Horacios letzte Tage zu rekonstruieren, mir seine Wege, jeden seiner Schritte noch einmal ins Gedächtnis zu rufen. In den Morgenstunden des 18. Januar war er aus San Martín de los Campanos zurückgekehrt. Er hatte sich ins Spital begeben, einige Kranke versorgt, mittags zu Hause gegessen, ein Schläfchen gehalten und war am Nachmittag in seiner Praxis unweit des Hafens von zwei Patienten aufgesucht worden. Am 19. fuhr er zum Stierkampffest nach Sincelejo. Drei Tage später kam er zurück. Er hatte verletzte Festteilnehmer behandelt und gegenüber einer Krankenschwester bedauert, dass er zwei nicht mehr habe retten können.

Die Ermittlungen ergaben, dass Horacio am 31. Januar Geld an einem Bankomaten abhob. Wahrscheinlich ist, dass er Magdalena an diesem Tag Bares und ein Paket Arzneien mit einem Schaluppenführer seines Vertrauens sandte. Am ersten Februar liefen wir uns im Spital ein letztes Mal über den Weg. Wir waren in Eile und grüssten einander, ohne uns die Hand zu geben. Ich sollte ihn nicht mehr lebend wiedersehen. Zwei Tage danach wurde er ermordet. Die heilige Candelaria konnte ihn nicht retten.

Vor meinem inneren Auge sah ich die Statue der Patronin, sah, wie sie von der Menschenmenge über die Albarrada getragen wurde. Ein Mann mit verdorrter Hand (ich ziehe das biblische Wort dem medizinischen Terminus vor) trug sie mit der kranken Gliedmasse, auf ein Wunder hoffend.

Mir fielen die Augen zu. Die Schläfrigkeit übermannte mich. Ich war kurz davor einzunicken, als es klopfte und, noch ehe ich antworten konnte, die Tür aufging und Magdalena eintrat, ein Zinntablett mit einer Schale Kaffee und einem Glas Wasser in der Hand.

»Der Doktor Maldonado mochte den Tinto um diese Zeit. Sie auch?«

Ich nahm ihren Duft wahr. Seife aus wilden Kräutern. Ob es wohl ihre Mutter war, die sie schickte? Während ich am Kaffee nippte, nahm sie wie eine Patientin vor mir Platz.

»Haben Sie also was gefunden, das Sie interessiert?«

»Na ja …«

»Wissen Sie, mit mir hat der Doktor Maldonado nicht so viel geredet. Geredet hat er mehr mit meiner Mutter, glaube ich. Ja, meine Mutter … Doña Eufemia ... Immer sagt sie, dass sie krank ist, immer hat sie irgendein Wehwehchen.«

Ein spöttisches Kichern entfuhr ihr.

»Sag, Magdalena, wie habt ihr euch eigentlich kennengelernt, du und Horacio?«

Ihre Stimme zu hören, diesen herben Klang, auch das war beglückend.

Magdalena fasste sich kurz: Doña Eufemia hatte einen Asthmaanfall, und sie lief den Arzt holen, aber der war schon auf der Schaluppe, die ihn noch am Nachmittag nach Elletén bringen sollte. Von der Mole aus beschwor sie ihn, nicht wegzufahren, ihre Mutter nicht sterben zu lassen. Da war der Arzt wieder ausgestiegen.

Von dieser Nacht an habe Doktor Maldonado sie besucht.

Ich fragte nach Horacios Geldsendung. Ja, die habe sie bekommen, von einem Schaluppenführer namens Limberto Vásquez, den sie später umgebracht hätten, er galt als Verbindungsmann der Guerilla. Sie sagte mir auch, dass Señora Astrid Lucero regelmässig Geld schicke.

Mir blieb noch ein Heft zu lesen. Ich bat Magdalena, mich allein zu lassen, damit ich die Lektüre abschliessen konnte.

»An Zeit wird es Ihnen nicht fehlen.«

Die letzte Schaluppe fahre freitags um drei von Bodeguita ab, erklärte sie. Unmöglich, sie noch zu erreichen.

»Sie werden hier schlafen müssen.«

Ein verschmitztes Lächeln huschte über ihr Gesicht.

Ich musste einige Anrufe machen. Magdalena riet mir, hinaus an die Ecke zu gehen, dort sei der Empfang besser. Ich wollte mich nach meiner Mutter erkundigen, mir schwante Übles. Der Anruf kam umgehend zustande. Die Schwester am anderen Ende der Leitung beruhigte mich und willigte vorbehaltlos ein, die Nacht bei der Niña Lola zu verbringen. Ich sagte ihr, sie könne in meinem Zimmer schlafen.

Da mir die ganze Nacht für die Lektüre des Hefts zur Verfügung stand, beschloss ich, einen Spaziergang zu machen. Frische Luft zu schnappen würde mir guttun. Ich fragte Magdalena, ob sie mich begleiten wolle.

Wir gingen zum Fluss. Auf einer Behelfsmole wurden an Ständen Frittüren und Natursäfte feilgeboten. Wir bestellten fleischgefüllte Carimañolas, ich nahm zudem einen Mispelsaft (um diese Tageszeit genossen, würde er mir nicht bekommen, meinte Magdalena, doch ich gab nichts darauf).

Ich erfreute mich am Anblick der Kanus, die am Eisengeländer vertäut im Wind dümpelten. Die Luft und die Stille wurden lauschiger. Eine zarte, erfrischende Brise trug Flussgerüche heran. Es war die schönste Stunde des Tages: die Sonne war im Sinken, ein rötlicher Widerschein färbte die Fluten und den Horizont. Kleine Wellen riffelten den Wasserspiegel, die Kielspur eines einsamen Kanus.

Hinter der Flussbeuge konnte ich Puerto E. erahnen,

die Mole, die Albarrada, die Ecke, an der Horacio den Tod fand, die Strasse, in der ich wohnte, meine Mutter in ihrem Zimmer, vielleicht in Gedanken an ihren Sohn. Ein Ringelspiel, ein Kinderspiel, eine Schulzeichnung – mein Haus, meine Stadt, mein Landkreis, Kolumbien, der Kontinent, das Weltkügelchen, das Universum. Aber hier war nur der Fluss, dieser eine Fluss. Ich hatte ihn immer gemocht, viel mehr als das Meer vor Cartagena, in dem ich einmal mit Horacio badete. Mir gefiel seine Kraft, seine Elementargewalt, sein Hochwasser, das Läden und Stände verwüstete, Rochen und Schlangen anschwemmte, die Strassen überflutete. Auf diese Art forderte er sein Reich ein, und die kleinen Mojarras im Spielzeugladen meiner Mutter standen mir vor Augen. Der Fluss, immer strömend, nie sich wandelnd, mit seinen Welsen, seinem Treibgut, seinem sandig schlickigen Bett und dem schmalen Streifen Strand, den er im Zurückfluten hinterliess.

Jetzt trug er die Taruyas mit sich. Wie kleine Inseln trieben sie auf der irisierenden Fläche, und wieder musste ich an Horacio denken. Ich sah ihn am anderen Ufer stehen, über das Eisengeländer in Puerto E. gebeugt, auf meine Rückkehr wartend, begierig, Neues über seinen Tod zu erfahren. Wie der Fluss und der Nachmittag driftete auch ich in eine läuternde Melancholie ab.

Wo ich denn mit meinen Gedanken sei, fragte Magdalena. Und so erzählte ich ihr von meinem Leben, meiner Freundschaft mit Horacio, der endgültigen Verwaisung, die sein Tod für mich bedeutete, von meiner Bewunderung für ihn und den Senator, meinem einsamen Leben mit der Niña Lola, der Abwesenheit meines Vaters und dessen ungeklärtem Tod, von dem Bedürfnis, herauszufinden, wer den Mord an meinem Freund in Auftrag gegeben hatte.

»Das wird nie ans Licht kommen, Docto.«

»Das mag schon sein. Aber es gibt Momente, da muss

man der Wahrheit auf den Leib rücken. Man ist es dem Toten schuldig. Nicht um Rache zu üben, sondern um zu heilen und zu verstehen.«

Stille trat ein.

»Auch einer Tante von mir, sie lebt in Elletén, haben sie den Mann umgebracht. Meine Cousine war erst fünf, sie hat ihren Vater nie richtig kennengelernt. Meine Tante, eine Wäscherin, hat sie allein aufgezogen. Und ihr, ihr hat wirklich niemand geholfen.«

Es klang wie ein Vorwurf. Magdalena lächelte und trank ihren Maracujasaft aus.

Es dunkelte.

Fledermäuse und Abendvögel durchfurchten den Himmel. Neben uns flirrte ein Moskitoschwarm.

»Magda, hast du eine Ahnung, wer Horacio ermordet hat?«

»Ach, Docto, ich kann Ihnen nur sagen, die Guerilla war's nicht. Auch nicht meine Brüder, wie es später geheissen hat. Das hat mich so wütend gemacht, ich hätte sterben, diese Anwälte umbringen wollen.«

»Und hast du von den Dingen gehört, die man sich über den Senator erzählt hat?«

»Meine Mama sagt, dass sowas nicht sein kann, dass ein Vater seinen Sohn umbringen lässt.«

»Ich will nicht wissen, was deine Mutter meint, sondern was du meinst, Magdalena.«

»Ich glaube es auch nicht. Der Doktor Horacio hat nie etwas angedeutet, und ich hab auch nichts gefühlt. Weil manchmal, da hat man so ein Gefühl.«

»So ein Gefühl?«

»Ja, ein Gefühl. Zum Beispiel vor zwei Nächten, da hat mir geträumt, der Doktor Horacio kommt seine Notizen holen. Aber jetzt geht mir auf, dass Sie der waren, der gekommen ist.«

Welch fremdartige Dimensionen die Wirklichkeit doch hatte, wie präsent das Übernatürliche war, vor dem ich mich immer gehütet habe.

Auf dem Weg zurück sprach Magdalena eine Warnung aus:

»Gehen Sie nach sieben bloss nicht raus, nicht einmal bis ans Eck. Gehen Sie lieber in den Hof, wenn Sie sich abkühlen wollen.«

»Ich dachte, diese Zeiten wären vorbei.«

»Es ist besser geworden, Docto, seit überall Wachen sind. Überfälle passieren kaum noch, und Boote werden auch keine mehr ausgeraubt. Meine Mutter, ich und die Kleine, wir leben jetzt ruhiger. Aber Sie wissen ja: So eine Räuberbande, die sieht zwei Frauen ohne schützenden Mann, und schon brechen sie in den Laden ein.«

»Aber werden noch Leute umgebracht?«

»Eher wenige, Docto, hier im Dorf gibt es nicht mehr so viele Tote. Der Krieg hat sich weiter nach drüben verzogen, zu den Goldminen. Aber es kommt immer noch vor, dass in einer Woche zwei oder drei Leichen den Fluss hinuntertreiben. Manchmal mit einem Geier drauf.«

Die Zwiebelleber und die Yuca con Suero, die Doña Eufemia mir vorsetzte, konnte ich nicht ausschlagen. In den abgeschiedenen Gegenden bekundet sich Wertschätzung nicht zuletzt in der reichlichen Bewirtung des Gastes. Und es gilt als Akt der Unhöflichkeit, die so liebevoll aufgetragenen Speisen nicht zu würdigen.

Nach dem Mahl ruhte ich ein wenig aus, dann machte ich mich an die Lektüre des letzten Heftes.

Punkt neun Uhr – ich sah es auf dem Display meines Handys – brachte mir Magdalena ein Glas kühle, mit Zitrone versetzte Agua de Panela. Auch das sei eine Gepflogenheit des Doktor Horacio gewesen, erklärte sie. Sie nannte ihn immer noch so und tat es wohl auch in ihrem Innern.

»Rufen Sie nur nach mir, wenn Sie was brauchen.«

Sie und ihre Mutter würden im Wohnzimmer fernsehen.

Minutenlang verblieb ihr Geruch im Raum. Wie um ihn abzuwehren, versank ich in Horacios Seiten. Doch in diesem zweiten Heft ging es hauptsächlich um die Musik der Savannen von Bolívar, volkstümliche Rhythmen für Akkordeon, die nichts mit Paseo, Son, Merengue oder Puya zu tun hatten, welche die vermeintlichen Vallenato-Experten stets im Munde führten.

Ich begriff, dass ich hier nichts finden würde, was mir das Verbrechen an Horacio erhellen könnte.

Vor Mitternacht kam Magdalena nochmals, sie brachte mir ein Kopfkissen und wollte ein Laken über den Langsessel spannen, auf dem ich schlafen sollte. Später wusste ich nicht zu sagen, in welchem Augenblick ich sie von hinten fasste und in den Nacken unter ihrer Haarpracht küsste. Sie liess es geschehen. Zog weiterhin das Laken auf, beugte sich mehrmals hinab, streifte mich jedes Mal mit ihrem Gesäss.

»Was noch passiert ist im Traum, habe ich Ihnen nicht verraten, Docto … Wenn Sie wüssten.«

Sie schenkte mir ein reizendes Lächeln.

Mein Blick fiel auf Horacios Bild. Sein Blick erwiderte meinen Blick. Ich wich ihm aus und sah den Totenkopf auf dem Tisch.

»Er schaut mich an, der Totenkopf«, sagte ich, als machte ich einen kindischen Gruselwitz.

»Ach was, Docto, schauen Sie einfach nicht mehr hin.«

Wir wühlten uns ineinander. Da läutete mein Handy, wie ein Omen.

»Lassen Sie es läuten, Docto.«

Ich gehorchte.

Warum zum Teufel sollte ich auch rangehen?

Magdalena zog mich zur Couch. Dann sanken wir auf den Boden. Ich suchte ihren Nacken unter dem schwarzen Schopf, strich über ihren Bauch, ihre festen Schenkel. Sie roch nach Seife aus wilden Kräutern, nach Bad in abendlichem Bassin. Und so endete sie, meine Abstinenz, endete in den Armen von Horacios Frau, die so schön war, ein Geschenk meines Freundes, das letzte Glück, das wir teilen konnten.

»Ist es so gewesen in deinem Traum, Magda?«

»Haargenau so, Docto, nur ein klein wenig besser, weil es ja ein Traum gewesen ist.«

Wir lächelten im Dunkel.

Mitternacht war vorbei, ich hatte die Augen noch nicht geschlossen und spürte diesen herbwilden Geruch von Frau, als aufs Neue mein Telefon läutete. Es war Doktor Aguirre Tovar. Die Niña Lola, dachte ich, etwas Ernstes musste vorgefallen sein. Die Mitteilung erwischte mich kalt.

»Der Senator Maldonado … es steht nicht gut um ihn.«

»Dem Senator?«

»Wir haben ihn aufgenommen.«

Ich stellte die üblichen Fragen. Sein Zustand war kritisch. Der junge Aguirre Tovar klang aufgeregt.

»Doktor Cárcamo hat nach Ihnen gefragt«, setzte er nach.

Draussen bellte ein Hund. Magdalena schlüpfte in ihr Kleid und verliess das Zimmer auf leisen Sohlen.

Ich konnte nicht schlafen in dieser Nacht. Verstand und Körper fuhren Achterbahn, als stünden sie unter dem Einfluss einer Droge. Unzählige Dinge schwirrten mir durch den Kopf, sogar übernatürliche Deutungen des Liebesakts, den wir unter den Augen meines Freundes vollzogen hatten. Indem ich seine Frau besessen hatte, phantasierte ich, hatte ich mich in Horacio verwandelt und damit das Leiden des Senators verursacht. Zwar war ich noch ich, aber ich fing an, zu einem Werkzeug meines toten Freundes zu werden, ja vielleicht war ich bereits mit ihm eins, ein gemeinsames Er, ein gemeinsames Ich, beide verschmolzen und endlich befreit von der Herrschaft des Senators.

Tags darauf fuhr ich, nachdem ich versprochen hatte wiederzukommen, nach Puerto E zurück. Es war nicht mehr früh. Ich hatte den Abschied hinausgezogen, als wollte ich mich aus der Verantwortung stehlen. Magdalenas Geruch war noch um mich, und ich spürte das Verlangen, ihn zu bewahren, ihn für immer mitzunehmen.

Die Schaluppe, die ich in Bodeguita bestieg, verspätete sich fast um eine Stunde, so dass ich erst gegen Mittag die Mole erreichte.

Ich nahm einen Jeep zum Spital.

Dort, in der Intensivstation, fand ich Marielita vor. Ohne meine Anwesenheit zu bemerken, fragte sie ihren sterbenden Vater in dem kalten und keimfreien Raum, ob er es gewesen sei, der den Mord an Horacio in Auftrag gegeben habe.

Sie wiederholte die Frage mehrmals, ehe sie sich zu mir umdrehte und, mich umarmend, in Weinen ausbrach.

X

Aguirre Tovars Erstdiagnose war nicht nur falsch, sondern auch fatal. Er hatte eine einfache Pneumonie diagnostiziert, doch in Wirklichkeit lag eine Sepsis vor. Jeder diensthabende Arzt, auch Doktor Cárcamo, auch ich, hätte in so einem Fall irren können. Tatsache ist, dass die Anfangstherapie, basierend auf Schmalspektrum-Antibiotika, ihre Wirkung verfehlte. Der Senator war Opfer einer Bakterie geworden, die er sich zwei Tage zuvor bei diversen Routinechecks in einer Klinik in Cartagena eingefangen haben mochte. Die Bakterie, vermutlich eine Streptokokkenvariante, löste multiples Organversagen aus. Es waren also sämtliche Organe betroffen, insbesondere die Lunge, in der die Infektion ihren Ausgang genommen hatte, um sich in der Folge über das Blut zu verbreiten und schliesslich Nieren und Leber zu befallen.

Auf dem Spitalskorridor erklärte ich Marielita, dass diese Art Krankheit bei einer Überschussreaktion des Körpers gegen den eindringenden Erreger auftritt. In solchen Fällen bleibe keine Wahl, als die Entwicklung des Patienten abzuwarten. Ich behielt für mich, dass die richtige Therapie während der ersten Stunden lebensentscheidend war. Auf Marielitas Frage, ob eine Überstellung nach Barranquilla oder Cartagena möglich sei, antwortete ich, dass dergleichen nicht nur ein erhebliches Risiko berge, sondern die hiesige Intensivstation den Vergleich mit keiner anderen zu scheuen brauche. Nicht umsonst habe sie den ganzen Stolz des Senators ausgemacht. Es sei auch ein Intensivmediziner aus Cartagena beigezogen worden, der das Krankheitsgeschehen überwache.

Marielita wich nicht mehr von meiner Seite. Sie wollte

auf alle Fälle vermeiden, dem Pulk von Frauen zu begegnen, der sich im Spital gebildet hatte. Sie fürchtete, diese Señoras würden sich nicht nur nach dem Befinden ihres Vaters erkundigen, sondern sie geradezu vorwurfsvoll fragen, warum sie immer noch unverheiratet sei.

In der Tat verwandelte sich das Spital in eine wahre Pilgerstätte. Auch meine Mutter, begleitet von Verónica Maldonado, verfehlte nicht, sich einzufinden. Aus den umliegenden Dörfern schwärmten Männer, Frauen und Kinder herbei, die politische Klientele des Senators, seine Wahlhelfer, Hut am Kopf und Machete am Gürtel, die Aufseher und Tagelöhner der anderen Haciendas.

Auch Astrid Bonivento und die Enkel, jetzt Kinder des Senators, begehrten Auskunft über seinen Zustand. Auf ›baldige Genesung‹, auf ›göttlichen Beistand‹ hofften sie, und Astrid beschloss, die ersten Nächte in einem Nebenraum der Intensivstation zu bleiben. Ich verschwieg ihnen, dass die Prognose verhalten war und im Falle einer Genesung unliebsame neurologische Folgen zurückbleiben könnten.

Das langsame Sterben von Nicolás Maldonado veränderte die Abläufe im San Juan de Dios. Das Spital wurde zu einer Art Privatklinik, die auf die Betreuung des illustren Patienten abgestellt zu sein schien. Alles drehte sich um ihn, seine kurzen Phasen der Besserung, seine Rückfälle, seine plötzliche Geistesgegenwart, sein unausweichliches Ende. Die Agonie zu verlängern, war bereits eine Form von Grausamkeit, auch wenn viele anders darüber dachten. Etwa der Jungarzt Aguirre Tovar, der die Gewissenslast seiner Fehldiagnose nicht tragen wollte. Nach der ersten Woche hielt er an dem Glauben an ein Wunder fest.

In meinen Studienjahren hatte ich in Sachen Therapie Unerklärliches erlebt. So weiss ich von einer Mutter, die ihr gesamtes Vermögen (das nicht gering war) dafür aufwendete, den vegetativen Zustand ihres einzigen, zwanzig Jahre alten Sohnes zu verlängern. Die Kollegen räumten ihm nicht die geringste Überlebenschance ein. Dann, nach neun Monaten, stellte man bei dem jungen Mann Anzeichen zunehmender Besserung fest. Seine Werte lagen plötzlich im Normbereich, das Beatmungsgerät konnte abgeschaltet werden, und binnen weniger als einer Woche durfte er das Bett verlassen. Zwar leidet er bisweilen unter Spätfolgen (Anfälle von Somnolenz), doch brachte er es zum Anwalt und ist heute die Stütze seiner Familie.

Doch das ist ein Einzelfall. Und obzwar wir Ärzte die Entwicklung eines Patienten nie mit Sicherheit voraussagen können, war die Annahme, dass Nicolás Maldonado sterben würde und sein Tod für ihn wie für alle das Beste wäre, doch sehr naheliegend. Der Abgang des Senators, dachte ich, würde das Ende einer Epoche markieren, kein anderer Provinzgewaltiger wäre in der Lage, die von ihm hinterlassene Lücke zu füllen. Das Spital würde seiner Finanzierungsquellen verlustig gehen und von jungen korrupten Politikern geplündert werden. Ich malte mir meine Zukunft aus, während ich das Leiden des Kranken beobachtete, seinen rasselnden Atem, seine von den Injektionen blauen Arme. Vielleicht würde ich nach der Beerdigung des Senators nach San Martín de los Campanos zurückgehen, um dort eine Klinik aufzumachen, mit Magdalena zu leben und Lucero grosszuziehen.

Reine Hirngespinste. Nichts würde sich ändern, weder bei mir noch im Städtchen.

Als ich die Intensivstation verliess, stiess ich auf Gerardo Barbosa. Feist stand er da, ein Fleischberg, der mich mit einem Prügel aus Guajakholz als Gehstock in der Hand erwartete.

»Docto, wie geht's ihm denn, unserem Kranken?«

Es war das erste Mal, dass er mich ansprach, das erste Mal, dass ich ein Wort wechselte mit dem Mann, der seinen eigenen Sohn mit zwei zielsicheren Schüssen getötet hatte. Und später an dessen Grab weinte.

»Es heisst abwarten«, sagte ich. »Abwarten.«

Und wir warteten ab.

Vierzehn Tage warteten wir ab und liessen die Hoffnung nicht fahren. Nach der ersten Woche begann die Wählerherde langsam abzuziehen, auch Freunde und Angehörige verflüchtigten sich, und der Alltag kehrte wieder ein. Dennoch wurde der sterbende Potentat nicht vernachlässigt. Seine Werte befanden sich ausserhalb der Norm, ohne Infusionen von Noradrenalin, ohne Sauerstoffmaske oder Beatmungsgerät hätte er nicht überleben können. Man nahm eine Dialyse vor. Die Kortikoide schwemmten Gesicht und Gliedmassen auf. Sein Leben zu verlängern, war sinnlos.

Eines Nachts begegnete ich in der Intensivstation Doktor Cárcamo. Wir waren uns in der Diagnose und Vorgehensweise weitgehend einig. Cárcamo lud mich diskret in sein Büro. Ich vermutete, dass er über das Befinden des Senators reden wollte, und da er mir auch schon des Längeren keine Strafpredigt gehalten hatte, erwischte er mich völlig auf dem falschen Fuss.

»Na, Doktor Cuesta, wie ist es Ihnen in San Martín de los Campanos gegangen?«

»Wie wissen Sie, dass ich drüben war?«

»Alles weiss man, erst recht in einem Kaff wie diesem. Na ja, fast alles ... Denn es gibt Dinge, die man nicht wissen kann.«

Sein Ton war ironisch. Auch der nächsten Frage fehlte es nicht an Häme:

»Und? Was haben Sie herausbekommen? Dass Nicolás

Maldonado den Mord an seinem Sohn in Auftrag gegeben hat, ja? Wird das in dem Roman stehen, den Sie schreiben?«

Wie konnte Cárcamo von meiner Arbeit wissen? Ich hatte sie für ein wohlgehütetes Geheimnis gehalten. War eine der Freundinnen von Muriel Pantoja zu vorlaut gewesen? Hatte jemand in diesen Papieren geschnüffelt, in meinen Notizen, meinen Entwürfen, die noch voller Ausbesserungen waren?

Mein dümmliches Lächeln taugte nicht als Entschuldigung.

»Meinetwegen können Sie in Ihrer Freizeit tun, was Ihnen beliebt. Die Vernachlässigung Ihrer Pflichten aber ist inakzeptabel. Ich will es Ihnen klipp und klar sagen, denn Sie wissen, dass ich nicht um den Brei herumrede: Wären Sie in jener Nacht an Ort und Stelle gewesen, würde Nicolás Maldonado noch leben.«

Es schien ihm nicht aufzufallen, dass sein Freund noch am Leben war. Ein Lapsus, den ich ihm durchgehen liess. Ich hatte nur meine Verteidigung im Sinn:

»Es war gewiss nicht das erste Mal, dass ein Arzt mit einem Kollegen Dienst getauscht hat.«

»Gewiss nicht, aber es dürfte Ihnen bekannt sein, dass ein Diensttausch mit einem gleicherfahrenen Kollegen vorzunehmen ist. In der Nacht, als bei Nicolás Maldonado die ersten Symptome aufgetreten sind, glich dieses Spital einer Quartierskrankenstube. Nicht einmal eine Aufsicht gab es, nur Praktikanten … Wir haben Sie nicht dafür zum stellvertretenden Direktor ernannt …«

Ich schwieg.

Im Grunde stand ich zu meiner Verantwortung. Nun galt es, einer Abberufung zuvorzukommen und meinen Rücktritt anzubieten. Vielleicht hatte hier nicht allein der Zufall Regie geführt. Vielleicht hatte ich dergleichen herbeigewünscht. Würde ich nun endlich die Fesseln abstreifen können, die mich an das Spital, an Doktor Cárcamo und auch an den Senator banden?

Als ich beschloss, nach San Martín de los Campanos zu fahren, hatten meine Ängste mehr meiner Mutter gegolten. Um den Senator hatte ich mir keine Sorgen gemacht, im Übrigen wusste ich gar nicht, wo er weilte. Eine Krankenschwester sagte mir, er sei wenige Stunden, nachdem ich die Schaluppe bestieg, in Puerto E. eingetroffen.

»Ihnen ist der bedauerliche Tod von Doktor Horacio Maldonado nie aus dem Kopf gegangen«, fing Cárcamo an. »Hören Sie mir jetzt gut zu – und dieses Gespräch bleibt unter uns. Schliessen Sie bitte die Tür.«

Im Büro des Direktors machte sich dichte Stille breit. Zum Glück war der Raum klimatisiert.

»Es gibt im Leben Dinge, die einfach geschehen, und Dinge, die sich nicht verhindern lassen … Der Wille des Einzelnen ist nicht alles, und selbst einer wie Nicolás Maldonado konnte den Lauf der Ereignisse nicht steuern. Die Dinge, nun, sie passieren, sie widerfahren uns, schmerzen uns, verlangen unser Blut, und man muss sie vergessen, man muss weiterleben, daran führt kein Weg vorbei.«

An der Decke flackerte eine Halogenlampe. Cárcamo sass an seinem Schreibtisch. Ich stand vor ihm wie ein störrischer Oberschüler, der vom gutherzigen Vorsteher mit noch freundlichen, väterlichen Worten gemassregelt wird.

»Kein Zweifel: Nicolás hat Fehler gemacht. Auch ich habe Fehler gemacht, auch Sie haben Fehler gemacht … Wir sind ja keine Götter. Mir sind Kranke gestorben, die nicht hätten sterben dürfen … Sie selbst haben in Ihrem Praktischen Jahr den Tod eines Patienten verschuldet, dem Sie kontraindizierte Medikamente verabreicht haben. Wissen Sie noch?«

Er hatte Recht. Dennoch durfte ich mich nicht auf dieses Glatteis führen lassen.

»Und vergessen Sie eines nicht, Doktor Cuesta: Auch Ärzte, die unter Ihrer Aufsicht und Verantwortung standen, haben Fehler gemacht. Erinnern Sie sich an die zwei Kinder, denen ein Abführmittel verordnet wurde, das ihren Tod verursacht hat?«

Diese Anschuldigung kam aus heiterem Himmel. Ich konnte sie nur zurückweisen, hatte sich der Tod der Kinder doch nicht in meiner Anwesenheit zugetragen. Cárcamos Ton verschärfte sich, ich wollte ihn unterbrechen, ihm sagen, dass ein Kunstfehler nicht gleichzusetzen sei mit einem Mord, aber zugleich wollte ich seinen Gedankengang zu Ende hören.

»Niemand hat Ihnen Vorwürfe gemacht, denn das sind Dinge, die passieren. Ihre Abwesenheit, die Amtsverletzung … Ohne mich zu verständigen, ohne mich in Kenntnis zu setzen. Und überlassen dem armen Aguirre Tovar das Kommando über das Spital. Nein, Doktor Cuesta, Sie haben nicht begriffen, dass mehr Autorität auch mehr Verantwortung mit sich bringt. Das macht den Unterschied aus.«

»Ich habe beschlossen, mein Amt zur Verfügung zu stellen. Wenn Sie möchten, lege ich Ihnen gleich morgen mein Rücktrittsgesuch vor.«

»Lassen wir das bis später«, entgegnete er ernst.

Er lehnte sich zurück und schien zu überlegen, bevor er seine Standpauke fortsetzte.

»Es kritisiert sich leicht, wenn man nicht handelt. Fehlerlose Menschen sind die, die nie handeln. Hat man sich aber entschlossen, eine Rolle im Hier und Jetzt zu übernehmen, kurz: die Hände in die Jauche der Welt zu tauchen, dann irrt man natürlich und macht Fehler, schreckliche Fehler. Es ist wie bei der Ausübung dieses Berufs: Wir irren, die Patienten sterben uns, wir lernen ein bisschen dazu, und es geht weiter.«

»Das ist doch nicht dasselbe«, wagte ich zu widersprechen.

»Nein, das ist nicht dasselbe, klar, aber ich sage Ihnen, Doktor Cuesta, das ist der Gang der Dinge, und man muss darüber hinwegkommen.«

»Sie täuschen sich, Doktor Cárcamo. Hier geht es um ein Verbrechen.«

Offenbar war ich ein Quäntchen zu laut geworden. Cárcamo sah mich gross an.

»Ich hätte mich nie zu der Annahme verstiegen«, sagte er in ruhigem Ton, »dass auch Sie den Verleumdungen gegen den Senator ein Ohr leihen würden. Glauben Sie denn wirklich, dass Nicolás den Mord an seinem Sohn in Auftrag gegeben hat, um mit der Schwiegertochter ins Bett gehen zu können? Sind Sie imstande, so etwas zu glauben?«

Er fixierte mich mit verhaltener Wut.

»Nein, Doktor Cuesta, es war nicht Nicolás Maldonado, der Horacios Tod in Auftrag gab. Allein der Gedanke ist von einer Niedertracht, die ich Ihnen niemals zugetraut hätte.«

»Mag sein, aber der Senator hat sich nicht ins Zeug gelegt, um das Verbrechen zu verhindern. Er hätte mehr tun können.«

»Aber Sie wissen doch: Es war der Teufel los, hier, in der ganzen Region, im ganzen Land! Glauben Sie bloss nicht, Nicolás wäre allmächtig gewesen, ein unbezwingbarer Superheld – obgleich er sicher erstaunliche Fähigkeiten besessen hat, die selbst Sie anerkennen müssen.«

»Ich habe sie nie bestritten.«

»Nicht er war es, der die Befehle gegeben, der die schwarzen Listen angefertigt hat. Er war auch nicht der Anführer irgendeines paramilitärischen Blocks. Andere Herrschaften waren mächtiger als er.«

Cárcamo atmete mühsam.

»In Kriegszeiten gibt es unkalkulierbare Umstände«, setzte er wieder an. »Nicolás konnte sich gewissen Beschlüssen nicht widersetzen, er kannte sie nicht einmal. Und wir alle, Doktor Cuesta, haben in diesem Leben Herren, denen wir dienen müssen, es gibt immer Mächte, denen wir Rechenschaft schulden.«

»Dann war es, sagen wir – ein Schacher.«

»Nein, es war kein Schacher!« Hier erhob Cárcamo die Stimme. »Niemals hätte Nicolás Maldonado mit dem Leben seines Sohnes geschachert!«

Es fehlte nicht viel und er hätte die Fassung verloren. Er beruhigte sich wieder und fuhr, fast belehrend, mit hohler Stimme fort:

»Wie ich sagte: Es gibt höhere Mächte, es gibt Allianzen – Seilschaften, wenn Sie so wollen. Nicolás musste seinen Wahlkampf finanzieren, er konnte nicht verzichten auf die Gelder und die Unterstützung, die er von den Geschäftsleuten und Viehzüchtern aus der Region bekam. Und die stellten naturgemäss Forderungen: Ruhe, Frieden, Sicherheit.«

»Gerardo Barbosa, nehme ich an, ist einer von ihnen. Stimmt es, dass er den Vorsitz führt im Komitee?«

»Komitee? Was für ein Komitee? Ihre Naivität verblüfft mich. Dieses angebliche Komitee hat nie existiert.«

Cárcamo lächelte. Er schien sich lustig zu machen über mich.

»Denken Sie etwa, dass neun Viehzüchter und sieben Geschäftsleute zusammenkommen wie die alten Freimaurer in der Calle de la Logia, um über Leben und Tod zu entscheiden? Ich bitte Sie! Ich kann gar nicht glauben, dass jemand wie Sie auf solches Geschwätz hört.«

»Wer hat dann die Befehle erteilt?«

»Woher soll ich das wissen …? Die Befehle kommen von oben, die Menschen führen sie nur aus, das wissen Sie besser als ich. Wer diese Befehle erteilt? Ich weiss es nicht und habe es nie gewusst, auch die Staatsanwaltschaft weiss es nicht, keiner weiss es. Auch Nicolás Maldonado kannte die Befehlskette nicht, das kann ich Ihnen versichern. Befehle lassen sich nicht in Frage stellen, Fehler auch nicht.«

»War der Mord an Horacio ein Fehler?«

»Ich hatte Horacio gewarnt, dass sie ihn töten würden. Wenn er in den Dörfern da drüben weiterhin Guerillaführer behandle und mit Arzneien versorge, könne ihn keiner mehr retten. Weder der Senator noch ich. Wiederholte Male habe ich ihn gewarnt, er solle nicht mehr nach San Martín de los Campanos fahren, nach Elletén, wo ein Guerillaführer sein Quartier hatte, der an einer Krankheit litt, Diabetes oder so, ich bin mir nicht sicher. Horacio hat ihm Medikamente beschafft, er hat sie aus dem Spital entwendet, das wissen Sie. Wir alle holen uns Medikamente, als wäre die Apotheke unser, das muss aufhören.«

Einen Augenblick lang fürchtete ich, er würde jetzt abschweifen und mir mit administrativen Empfehlungen kommen.

»Zum Glück konnte ich wenigstens Doktor Barrios überreden, von den ärztlichen Missionen abzulassen. Sie hat auf mich gehört. Horacio aber ist taub geblieben.«

Er verharrte in Schweigen ohne mich anzusehen. Es war, als sei das Gespräch beendet oder zumindest von seiner Seite nichts mehr hinzuzufügen.

»In San Martín de los Campanos habe ich einige Notizhefte von Horacio gefunden. In einem stand der Satz: ›Es gibt wichtigere Dinge als das Leben.‹ Und von Doktor Barrios habe ich gehört, dass Horacio seinen Tod herbeigesehnt hat.«

»Na ja«, sagte Cárcamo, »vielleicht war das die effektivste Strafe für seinen Vater.«

Er lehnte sich auf dem Stuhl zurück und schien in ein Selbstgespräch zu verfallen.

»Der Krieg, verdammt, der verfluchte Krieg! Ich hätte nie gedacht, dass es so weit kommen würde. So viele Tote …«

»Fast alle unschuldig …«

»Nicht alle, nicht alle«, beeilte er sich klarzustellen.

»Na ja, die meisten.«

»Soll ich Ihnen etwas sagen? Ich habe mitansehen müssen, wie sie meinen Vater mit Macheten abgeschlachtet haben, vor meinen Augen, nur weil er ein Liberaler war. Nie werde ich es vergessen. Ich konnte nichts tun, ich konnte nur zuschauen, wie die drei Männer ihre Macheten erhoben. Ich war neun. Immer noch sehe und höre ich diesen Machetenhieb auf seinen Hals.«

Es folgte ein bitteres Lächeln.

Ich stellte mir das Kind vor, das der Arzt gewesen war, seine Tränen, seine Ohnmacht. Den Hass und den Groll, die jahrelang in ihm nagen mussten.

Dann, wie um seinen Schmerz für mich nachvollziehbar zu machen:

»Auch Ihr Vater wurde umgebracht, Doktor Cuesta. Ich selbst habe seine Leiche beschaut.«

»Mein Vater?«, fragte ich und spürte einen Riss in der Brust, als würde sie aufklaffen.

Cárcamo schien zu zögern. Vielleicht bereute er seine Enthüllung.

»Es ist höchste Zeit, dass Sie es erfahren, verdammt noch mal.«

Er sah mich an, prüfend, wie einen Sterbenden, für den die Dosis zu stark sein könnte.

»Sieht aus, als hätte Ihre Mutter es Ihnen nicht erzählen

wollen. Dann erfahren Sie es eben jetzt von mir. Ein Mann wie Sie verdient Bescheid zu wissen.«

Für einen Augenblick dachte ich, er wolle sich auf meine Kosten amüsieren, ein sonderbares Spiel mit mir treiben. Mich durchfuhr ein Schauer der Angst, die Furcht, in einen Abgrund blicken zu müssen.

»Ich habe ihn nicht gekannt, aber ich weiss, dass sie ihn umgebracht haben, wann sie ihn umgebracht haben und warum sie ihn umgebracht haben. Wollen Sie die Wahrheit wissen?«

Ich nickte.

Cárcamo rang nach Worten. Er war um Herzlichkeit, Vertraulichkeit bemüht.

»Ihr Vater, Doktor Cuesta, nun, ihr Vater war kein lauterer Gesell. Fing an, die Campesinos aufzuwiegeln, Ländereien zu besetzen, Vieh zu stehlen.«

Cárcamo sah mich nicht an. Er schien seine Worte in der Halogenlampe zu suchen, die unaufhörlich flackerte.

»Ihr Vater war ein revolutionärer Rädelsführer seiner Tage, Anfang der siebziger Jahre. Keineswegs ein Campesino, er hatte ja studiert, Jura, allerdings ohne Abschluss, wie ich glaube. Er wollte die Welt verändern, denken Sie nur!«

Er schmunzelte ironisch und nagelte mich fest mit seinem Blick.

»Ich bedauere sie sehr, diese Weltveränderer … Die reine Wahrheit, die einzige Wahrheit, Doktor Cuesta, ist doch, dass die Jungs nicht wissen, was das ist, die Welt, und trotzdem beharren sie darauf, sie zu verändern. Wie Horacio, wie vielleicht auch Sie. Dabei braucht es Zeit, bis man dahinterkommt, wie sie tickt, die Welt. Ich bin gerade dabei, dieses Wie zu begreifen.«

»Sie haben von meinem Vater gesprochen.«

»Ihr Vater, oh ja …«

Cárcamo richtete sich auf.

»So sagen Sie es mir doch. Oder wollen Sie mich auf die Folter spannen?«

»Unwissenheit ist manchmal besser.«

Er drehte die Augen zur Decke. Die Lampe flackerte weiter.

»Da Sie es unbedingt wissen wollen, will ich es Ihnen nicht vorenthalten. Nun, Ihr Vater ist bei einer dieser Campesino-Revolten umgekommen, einem Aufstand, der allen Landwirten Angst und Schrecken eingejagt hat. Die Sache ist übel ausgegangen, sie wollten Fincas besetzen, und denken Sie nur, mit wem sie sich angelegt haben: mit keiner geringeren als Verónica Maldonado und den Viehzüchtern dieser Region.«

»...«

»Don Gerardo Barbosa und andere Viehzüchter haben die Tagelöhner ihrer Fincas zusammengetrommelt und sie mit Flinten und Pistolen bewaffnet. Und die haben losgefeuert auf all die Campesinos, die Land forderten, dessen Besitztitel auf ihre Eigentümer lauteten.«

»Land der Familie Maldonado, nehme ich an.«

»Auf der Finca der Maldonados hat es fünf Tote gegeben, darunter Alirio Cuesta. Er lag im Stacheldraht. Ich habe ihn selbst obduziert.«

Ich schnappte nach Luft. Den leichten Kälteschauer schrieb ich der Klimaanlage zu.

»Und der Senator? War der Senator dabei?«

Die Frage überraschte ihn. Cárcamo kratzte sich am Kopf.

»Nein.«

Dann, fast in sich hineinmurmelnd:

»Ich glaube nicht.«

Sein Flüsterton weckte meinen Verdacht.

Der Bericht schien mir unvollständig. Cárcamo hielt etwas zurück. Oder es kam mir so vor.

Alirio Cuesta. Der Arzt hatte den Namen ausgesprochen und den Menschen damit ins Dasein beschworen.

»Jetzt wissen Sie Bescheid, Doktor Cuesta. Und es kommt nicht so sehr darauf an, was Sie wissen, als wozu Ihnen dieses Wissen nützt. Beruhigt es Sie, umso besser.«

Ich hörte nicht mehr, was Cárcamo noch weiter sagte.

Mein Vater. Getötet auf der Finca der Maldonados.

Ich holte etwas Luft und fragte in kindlicher Art:

»Sagen Sie, bin ich meinem Vater ähnlich?«

»Donnerwetter, Rodolfo, ich kann mich nicht erinnern. Es mag schon sein«, antwortete Cárcamo mit spöttischem Lächeln und verwundertem Blick.

»Es gab eine Zeit, da wäre ich gern der Sohn des Senators gewesen.«

Sogleich bereute ich das Gesagte. Offenbar hatte ich Cárcamos Enthüllungen nicht verkraftet und redete nur noch albernes Zeug.

Er liess sich zu einem rührenden Ton herbei.

»Nicolás hat Sie immer wie einen Sohn geliebt und sich immer um die Niña Lola gekümmert. Warum er das getan hat? Ich weiss es nicht. Hat er sich verantwortlich gefühlt für sie und ihren Spross? Möglich … Ich weiss es wirklich nicht, vielleicht war es eine Art Wiedergutmachung. Eine Dörflerin, schwanger von einem kommunistischen Aufwiegler … Donnerwetter, wie schnell doch die Zeit vergeht. Wir reden von Dingen, die sich vor beinahe vierzig Jahren ereignet haben.«

Er fuhr sich mit der Hand durchs Haar.

Wir schwiegen. Cárcamo beobachtete mich. Dann kam er auf die notwendige Reparatur der Klimaanlage zu sprechen.

Ich hörte auf, an Alirio Cuesta zu denken. Vielleicht musste ich diese Enthüllung zu einem späteren Zeitpunkt verarbeiten.

»Verzeihen Sie, Doktor Cárcamo, haben Sie mit dem Senator nie über diese Heirat mit Astrid Bonivento gesprochen?«

»Nicolás hat mich darüber zu Rate gezogen. Es hat mir eingeleuchtet, dass er die Zukunft seiner Enkel sichern wollte. Immer hatte er die anderen im Sinn, immer. Ich habe ihm gesagt, er soll sich gefasst machten auf die bösen Zungen und die politischen Folgen. Darauf hat er gemeint, er hätte diesen Preis einkalkuliert. Heiraten aber müsse er, und zwar bald, denn der Tod sei ihm auf den Fersen …«

»Die Angina …«

»Ja, die Angina, aber auch die Angst, sie könnten ihn ermorden. Nicolás wusste viele Dinge, er kannte die Klüngel krimineller Banden mit Politikern der Region, sogar mit dem Präsidenten. Dieses Wissen war sein Schutzschild und zugleich seine Achillesferse. Jedenfalls ging es mit seiner Macht bergab. Soll ich Ihnen etwas sagen, Doktor Cuesta? Anfangs war es die Politik, die die kriminellen Banden gelenkt hat; dann waren es die kriminellen Banden, die die Politik gelenkt haben und sie, obschon zerschlagen, immer noch lenken. Natürlich konnte Nicolás seinen geschwundenen Einfluss nicht hinnehmen, und er durfte sich keine Zeichen von Stärkeverlust erlauben. Wie auch immer, seine alten Freunde waren der Meinung, dass er sehr schwach geworden sei.«

»Schwach? Der Senator?«

»Kaum zu glauben, doch es ist so. Er hat zu mir gesagt: ›Jetzt laufen Typen um, die eine dickere Haut haben als ich. Ich tauge nicht mehr, in der Politik wimmelt es heute von Schakalen.‹«

Ich konnte nicht glauben, dass der Senator diesen Satz gesagt haben sollte.

»Darum ist ihm die Rufminderung weniger nah gegangen als die Zukunft seiner Enkel«, fuhr Cárcamo fort.

»Und Sie glauben, den Senator trifft keine Schuld?«

»Man kann die Dinge so oder so sehen: Bedenken Sie all die Morde, die Nicolás Maldonado verhindert, all die Menschenleben, die er mit seinen Entscheidungen gerettet hat. Können Sie sich vorstellen, wie viele umgekommen wären, wenn die kommunistische Guerilla dieses Städtchen kassiert hätte? Wie sich unser Dasein verändert hätte, wenn wir dieser unheilvollen Macht erlegen wären? Haben Sie je darüber nachgedacht?

»Nein, habe ich nie.«

»Vielleicht würden weder Sie noch ich jetzt hier sitzen.«

»Aber so einfach ist es nicht. Ich denke an den Nachmittag im Haus der Maldonados, als der Senator den Tod von Gerardito Barbosa gutgeheissen hat. Hand aufs Herz, Doktor Cárcamo: Hätten auch Sie einen homosexuellen Sohn ermordet?«

»Ich glaube nicht, dass ich so weit gegangen wäre«, antwortete Cárcamo und lächelte. Die Frage schien ihn zu belustigen.

»Und der Senator?«

»Auch wenn Sie es nicht wahrhaben wollen – Nicolás war ein sehr mitfühlender Mensch, der stets um die Notleidenden besorgt war, das kann ich Ihnen versichern.«

»Ich glaube, dass er viele Verbrechen zugelassen oder angestiftet hat. Darunter den Mord an seinem Sohn, nicht direkt, gewiss, aber sagen Sie mir nicht, dass ihn keine Schuld trifft.«

»Schuld trifft uns alle.«

»Kommen Sie mir nicht mit dieser Phrase, Doktor Cárcamo! Der Senator trägt mehr Schuld, so wie alle, die an den Hebeln sitzen und zu feige sind, die vielen Verbrechen, die immer noch geschehen, zu verhindern. Haben Sie es nicht selbst gesagt?«

»Es urteilt sich leicht von aussen, ohne Kenntnis der

besonderen Umstände und Gegebenheiten. Wären wir an Nicolás' Platz gestanden, hätten wir womöglich weniger getan als er. Ja, ich bin mir sogar sicher. Und vielleicht hätten wir nicht die Menschenleben gerettet, die er gerettet hat.«

Cárcamo erhob sich und ging auf die Toilette, um sich die Hände zu waschen.

»So, genug geschwätzt«, sagte er, als er wiederkam. »Vergessen Sie diese Unterredung, sie hat nie stattgefunden. Seien Sie jetzt mit dem Kopf ganz bei der Sache. Schauen Sie, unser lieber Freund hat genug gelitten. Wir könnten ihm das Leben verlängern, aber ich glaube nicht an Wunder, und Sie wohl ebenso wenig. Geben Sie ihm den Abschied, nehmen Sie es in die Hand, tun Sie, was für alle das Beste ist. Sie waren sein Hausarzt, und ausserdem sind Sie im Dienst. Diesmal haben Sie sich ja nicht aus dem Staub gemacht.«

Ich dachte, Cárcamo wollte meinen Horizont erweitern. Auch ich sollte gewissermassen über das Los eines Menschen entscheiden. Und dieser Weisung hatte ich zu folgen.

»Das ist eine Entscheidung, die seinen Angehörigen obliegt«, wagte ich zu widersprechen.

Er zog eine Schreibtischlade auf.

»Hier ist die von Astrid Bonivento gezeichnete Verfügung«, entgegnete er und zeigte mir ein unterschriebenes und notariell gestempeltes Papier.

»Vielleicht sollten wir Marielitas Entscheidung abwarten.«

»Ach was, bürden wir dem armen Ding doch nicht diese Verantwortung auf«, unterbrach er mich. »Die traurige Geschichte mit dem Tod ihrer Mutter hat sie schon genug belastet. Helfen wir ihr, Doktor Cuesta, helfen wir ihr! Wir sagen, der Senator Maldonado hätte einen Atemstillstand erlitten.«

Der Direktor liess mich in seinem Büro zurück. Nun schloss sich der Kreis. Cárcamo war klug: Ich war der Richtige, um den Patienten abzuschalten, ihn zu töten oder ihm wenigstens Sterbehilfe zu leisten.

Als ich mir die Hände wusch, betrachtete ich mein Gesicht im Spiegel, die breite Stirn, in der sich eine beginnende Falte abzeichnete. Ob ich in das Antlitz meines Vaters blickte? Jetzt wollte ich mit ihm reden, ihm Fragen stellen, auf die er mir die Antwort vielleicht schuldig bliebe.

Ich ging in die Intensivstation, wo der Senator im Sterben lag.

Es überraschte mich, ihn wach anzutreffen.

Ich untersuchte ihn. Er sah besser aus, seltsam verstandesklar, als ob er mir etwas mitteilen wollte. Ich schöpfte Hoffnung. Vielleicht würde er mir von Horacio erzählen. Er winkte mich zu sich.

Ich nahm ihm die Sauerstoffmaske ab.

Nach einer Weile fand er in seiner Kehle eine fädchendünne Stimme.

»Nur zu, mein Sohn, nur zu.«

War es ein Befehl, ein Ratschlag? Gerichtet an mich, an sonst jemanden? Seine Sinne hatten vermutlich nachgelassen. Kaum hörbar und die Hand leicht vom Bett hebend wiederholte er den Satz.

»Schlafen Sie, Senator, schlafen Sie.«

Er schloss die Augen und schien in eine bedächtige Seligkeit hinüberzugleiten.

Als die Agonie einsetzte, überkam mich ein Gefühl von Macht, vielleicht von Triumph.

Ich blickte in sein aufgeschwemmtes Gesicht. Der Senator glich jetzt einem grossen und wunden Tier, das sich dem Tod entgegenstemmte.

Sein letzter Atem, die finale Starre bewegten mich.

Nicht ohne Freude, ja mit ungekannter Euphorie betrachtete ich den Körper.

Einen Moment fürchtete ich, er könnte aufstehen. Wiederauferstehen, aus dem Bett steigen und gehen, das Spital verlassen, mir meine Nachlässigkeiten vorwerfen. Auch nachdem ich keine Lebenszeichen mehr feststellen konnte, behielt ich ihn noch ein wenig im Auge.

Ich trug die Todeszeit in die Krankenakte ein. Ein Uhr sechsundvierzig.

Nicolás Maldonado war siebenundsiebzig Jahre alt geworden.

XI

Drei Tage nach dem Begräbnis besuchte mich Fabián Angarita. Weil er fand, dass ich leicht abgespannt aussah, schlug er vor, bei anderer Gelegenheit wiederzukommen. Ich lud ihn zu einem Kaffee ein, und er brachte die Sprache auf die Akte, die sein Freund Jorge Cifuentes bei der Geburtstagsfeier erwähnt hatte.

Sie war mir entfallen.

»Verständlich. Ist auch einiges passiert seither. Wie war's in San Martín de los Campanos?«

»Das erzähle ich dir demnächst.«

»Nicht mal eine Andeutung?«

»Ich bin noch beim Verarbeiten, Fabián. Vielleicht fahre ich demnächst nochmals hinüber und rufe Horacios ärztliche Missionen wieder ins Leben.«

Angarita bewegte die Zunge hinter den Lippen, als pulte er Krümchen vom Zahnfleisch.

»Ehrlich gesagt, bringe ich keine guten Nachrichten«, eröffnete er mir.

»Was ist passiert?«

»Die Akte ist verschwunden.«

»Wie das?«

»Sie ist weg.«

»Irgendwo muss sie doch sein, Fabián, verdammt nochmal. Und vielleicht gibt es eine Kopie.«

»Cifuentes hat überall gesucht, aber er findet sie nicht. Geschweige denn im digitalen Archiv.«

»Es kann doch nicht sein, dass sich Prozessakten in Luft auflösen.«

»Und ob es sein kann! Alles kann sein in Puerto E. Möglicherweise ist die Akte in der Amtszeit von Staatsanwalt

Atuesta verschwunden, erinnerst du dich an ihn? Er war ein Handlanger des Senators. Maldonado hat ihm die Versetzung in die Hauptstadt verschafft. Cifuentes hat lose Enden verknüpft und will der Sache auf den Grund gehen.«

Angarita stellte die Kaffeeschale auf den Tisch.

»Was machst du morgen?«, fragte er.

»Am Vormittag bin ich frei, ich möchte ein wenig ausruhen. Nachmittags muss ich ins Spital. Das Ärztekollegium tagt.«

»Ich frage, weil Cifuentes und ich dir etwas zeigen wollen.«

»Noch eine Akte?«

»Wär's nur eine Akte! Nein, Schlimmeres. Also?«

Ich sagte zu.

»Punkt acht stehe ich vor deiner Tür.«

Angarita erwartete mich in seinem Jeep. Wir nahmen ein zweites Frühstück, unweit des Parque de Las Américas, und witzelten über die Hygiene der Lokalität. Die Frittüren schmeckten köstlich, vor allem die Carimañolas und die Arepa mit Ei, der Dotter war noch weich.

»Wie gut, dass wir beide nicht zunehmen«, sagte ich.

»Es ist erwiesen, dass Cholesterin gar nicht so gesundheitsschädlich ist.«

Ich liess ihm seinen Glauben.

Mehrmals musste ich mir mit dem Taschentuch den Mund wischen. Angarita bezahlte.

Wir fuhren aus Puerto E. hinaus, liessen die Finca der Maldonados hinter uns, ebenso den Hügel der Taxifahrer, den Schatten einer Ceiba, unter der ein junges Mädchen Vögel verkaufte (ich wollte immer einen Trupial haben, sagte Angarita, aber Muriel meint, Tiere gehören nicht in Käfige) und das Bordell, vor dem die heilige Candelaria an Horacios Todestag in den Morgen erwachte.

Danach stiessen wir über Feldwege in Weiler und Ortschaften vor, deren Namen ich noch nie gehört hatte. Auf den Pfaden abseits der Landstrasse trippelten, nackt und gelbhäutig, Kinder, wie Horacio und ich sie Jahre zuvor am Flussufer gesehen hatten.

Der Jeep wirbelte Staubwolken hoch, knochendürre Hunde umbellten den Wagen. An die Pfosten ihrer Hütten gelehnt, schauten die Frauen auf, wenn wir vorüberrumpelten.

Schliesslich kamen wir zu einer Finca, die von der Staatsanwaltschaft für die Untersuchung von Massengräbern freigegeben war. Mit diesen Worten hatte mich Angarita auf der Herfahrt eingeweiht. Gelbe Absperrbänder säumten das Gelände, auf dem sich Beamte mit Schutzmasken und Spezialbekleidung tummelten.

»Sie sind dabei, Menschenreste freizulegen, um sie zu identifizieren«, erklärte Angarita, während er die Gitterpforte passierte.

Die Stoffmasken, die wir bekamen, konnten den leichten Fäulnisgeruch nicht abhalten. Das Cadaverin, dachte ich einen Moment.

In einem Erdloch von vielleicht sechs Metern Breite türmten sich Knochen und Schädel. Aufeinandergehäuft, ineinandergekeilt, wie ein verworrener Wust von Angelhaken.

Fliegen brummten umher, ich versuchte sie mit den Händen zu verscheuchen.

»Dreiundsiebzig Leichen sind bislang gefunden worden, einige davon mit Genickschuss«, sagte Angarita, während wir das Gelände abgingen. »Das hier ist nur ein Teil.«

Cifuentes erschien. In seinem weissen Kunststoffanzug mit Klarsichtvisier sah er aus wie ein Astronaut. Auch er trug Mund- und Nasenschutz.

Er führte uns zu einem verlassenen Anwesen, es hatte

Holzbalkons über den Hofgängen. Wenige Meter davon Pferche ohne Vieh. Dahinter eine Kammer aus Ziegelstein mit geschwärzten Gewölben.

»Und was ist das?«

»Das? Öfen«, antwortete Cifuentes.

»Öfen?«

»Um die Leichen zu verbrennen, sie verschwinden zu lassen. Allein auf dieser Finca hat man die eingeäscherten Reste von dreizehn Toten gefunden.«

»Man wird nicht alle identifizieren können«, warf Angarita ein. »Viele Knochen wurden zerhämmert, zu Staub gemacht. Von vielen Körpern ist nur ein Fingerglied, ein Schlüsselbein, ein Schenkelknochen oder ein Rippenteil geblieben. Die werden den Angehörigen übergeben.«

»Und wem gehört die Finca?«

»Sie hat dem Bruder eines Exgouverneurs von Sucre gehört, aber er hat sie vor Zeiten verkauft. Gegen die jetzigen Eigentümer läuft ein Enteignungsverfahren.«

»Und wie seid ihr auf diesen Ort gekommen?«, fragte ich.

»Eine Frau hat uns die Stelle verraten«, sagte Cifuentes. »Sie hat in den Lagern für die paramilitärischen Blöcke gekocht.«

Mit dem Tod war ich vertraut, nicht jedoch mit dem Grauen. Ein lauer Wind strich über das Gelände. Ich musste wegsehen.

Unter dem blauen Himmel kreisten Geier.

»Die Zeugen sind rar geworden, aber einige leben noch.«

»Ich nehme an, bei den Toten handelt es sich um Campesinos, die der Unterstützung der Guerilla beschuldigt waren.«

»Nicht nur … Vermutlich sind auch einfache Soldaten darunter, solche, die abgesprungen sind und niedergemacht wurden. Um keine Irrläufer zu hinterlassen, Jungs, die zu viel wussten. Der Kommandant hier soll ein besonders übler Bluthund gewesen sein, sogar Kinder soll er umgebracht haben.«

»Hat man denn auch Kinder gefunden?«

»Mindestens drei«, wusste Angarita zu berichten. Er deutete auf die Seite hinter dem Haus.

»Wie habt ihr von der Frau erfahren?«

»Es bleibt immer jemand übrig, jemand, der überlebt und die Gewissenslast nicht erträgt. Ein Glück, dass sie geredet hat. Wir haben sie vorläufig unter Schutz gestellt.«

»Habt ihr sie nach dem Mord an Horacio befragt?«

»Noch nicht. Über die Blöcke, die auf dem anderen Flussufer operiert haben, kann sie wenig sagen«, erwiderte Cifuentes.

»Das heisst, die Sicarios von Horacio sind wahrscheinlich hier gelandet.«

»Oder man hat sie in den Fluss geworfen«, sagte Angarita. »Bei einem Drohanruf bin ich mal gefragt worden, ob ich den Haien in Bocas de Ceniza als Mittagsschmaus dienen wollte.«

Angarita lächelte, obwohl ein Lächeln fehl am Platz war.

Wir gingen an halb exhumierten Skeletten vorbei.

Ein Fotograf mit rundem Gesicht hielt die Bilder fest. Auf einigen Schädeln waren noch Baseballkappen, und unter gelben Trikots der kolumbianischen Nationalmannschaft zeichneten sich Gerippe ab.

»Was wir hier sehen, ist nur die Schale der faulen Frucht«, erklärte Cifuentes. »Noch unheimlicher ist, was wir nicht sehen. Vielleicht sprengt es unsere Vorstellungskraft.«

»Und man bedenke: Jeder von uns hätte hier enden können, jeder Unschuldige, auf den auch nur ein Verdacht fiel«, sagte Angarita.

»Jetzt müssen wir erst einmal die Leichen identifizieren,

ihre DNA mit der Datenbank abgleichen. Das wird in Barranquilla gemacht, der einzigen Stadt in der Küstenregion, die ein entsprechendes Labor besitzt.«

Angarita grüsste einen Beamten der Staatsanwaltschaft. Wir kehrten zu den geöffneten Gräbern zurück. Ein Mann mit Maske und Handschuhen verwahrte die Menschenknochen in einem Plastiksack.

»Und das ist erst der Anfang. Vermutlich werden wir weitere Massengräber entdecken, weitere Überreste sicherstellen und identifizieren müssen ... Das erfordert Zeit.«

Ich dachte an Marcela, die Schwester von Rafael Viveros Lambis, dem verschollenen Anwalt.

»Die Zeit der Massengräber ist angebrochen«, brachte Cifuentes es auf den Punkt. »Die Zeit der beredten Leichen.«

Er trat hinüber zu den Beamten.

Angarita und ich gingen eine Weile in Schweigen. Dann stellte er mir eine Frage, die sich mehr wie ein Vorwurf anhörte.

»Und? Glaubst du immer noch, dass der Senator Maldonado von diesen Toten nichts gewusst hat?«

Auf der Rückfahrt wollte mich Angarita zum Mittagessen einladen, er schlug ein populäres Fischrestaurant nahe der Mole vor. Der Anblick der Massengräber und Verbrennungsöfen habe mir schwer zugesetzt, erwiderte ich. Er fuhr mich nach Hause.

»Cifuentes konnte die Akte nicht finden, aber er hat mich gebeten, dir das hier zu geben.«

Er klappte das Handschuhfach auf und nahm einen verschlossenen Umschlag aus Seidenpapier heraus.

»Was ist das?«

»Zeitungsausschnitte von vor vierzig Jahren. Cifuentes' Bruder ist Journalist in Barranquilla und hat sich in Archiven umgesehen. Er meint, du solltest sie kennen, vielleicht wären sie dir nützlich für den Roman.«

»Donnerwetter, jetzt weiss schon alle Welt, worüber ich schreibe. Aber es ist, wie ich dir schon gesagt habe, kein Roman.«

Angarita ging nicht darauf ein.

»Schau sie dir erst später an, sie sind heikel.«

»Was?«

»Na die Ausschnitte.«

»Ah ja. Bestell Cifuentes meinen Dank.«

»Apropos, er wird versetzt … Muriel und ich wollen ein Abschiedsfest für ihn geben. Nächstes Wochenende. Du bist herzlich eingeladen.«

Ich konnte ihm nichts versprechen.

Zu Hause lief ich die Treppe hinauf und verwahrte den Umschlag im Nachttisch. Ich musste etwas zu mir nehmen, mich umziehen und ins Spital fahren, um mich in der Sitzung des Ärztekollegiums zu zeigen. Ich war leicht verspätet. Doktor Cárcamos ironische Vorhaltungen wollte ich mir diesmal ersparen.

Ein Rätsel, warum mich diese Seiten nicht mehr loslassen. Manchmal möchte ich das Zeug hinschmeissen, in die hinterste und unterste Ecke des Nachttisches verbannen, wo ich Angaritas Umschlag abgelegt habe, und einfach nur mein ruhiges Provinzarztdasein leben, über die biederen Witze lachen und den Freuden des Faschings frönen.

An den Wochenenden bricht in Puerto E. die Musik aus allen Ecken. Und ich sitze da und beginne von vorn, bossele an dem Geschriebenen, suche nach einem treffenden Ende, das mich für immer von dieser Geschichte erlöst. Wie Cárcamo sagte: Ich schöpfe eine krankhafte Lust aus dem Wiederkäuen dieser Sache. Ich sinniere und sinniere, doch es will mir nicht gelingen, die Puzzleteile stimmig zu einem Ganzen zu fügen.

Ich hatte angefangen zu schreiben, um Horacio vor dem Vergessen zu bewahren. Nun aber fürchte ich, mir eingestehen zu müssen, dass ich unbewusst für mich geschrieben habe, dass es mir in Wirklichkeit darum ging, mein tieferes Ich zu verstehen. Ich hatte mich um die Geschichte meines Vaters gedrückt, mich mit den stupiden Erklärungen der Niña Lola abgefunden, und begreife erst jetzt, dass mir Horacio auch half, den Schleier meiner Herkunft zu lüften.

Seit dem Tag, an dem ich von Angarita den Umschlag erhielt, haust ein lästiger Untermieter in mir. Dunkel nehme ich seine Bewegungen wahr, sein schwaches Pochen an meiner Tür. Ich bin dazu verdammt, Kreise zu malen, Kringel, Schnörkel, ohne mich je dem vexierenden Zentrum anzunähern.

Man muss, ich weiss es, dem Menschen auf den Grund gehen, in die Untiefen jenseits des Blicks hinabtauchen, nach Organen tasten, die ungenannt bleiben. Ich aber werde den Urgrund meines Ichs nicht erreichen und schon gar nicht bereit sein, mir gewisse Dinge einzugestehen. Schliesslich habe ich es immer vorgezogen, über die naheliegendsten Tatsachen hinwegzusehen und in Zerstreuung zu leben. Genau wie Horacio es beschrieben hat.

Um Rechtfertigung bin ich nicht verlegen. Wie für die Figur eines russischen Romans, den ich in der Bibliothek des Senators las, gibt es für jeden von uns Dinge, die er mit dem Untermieter, der in ihm haust, verhandeln, ja denen er sich beugen kann. Doch es gibt auch Dinge, die er lieber ignoriert, kaum hinterfragt, wegsperrt, für immer ad acta legt, aus Furcht, die Wahrheit, die ans Licht käme, könnte das blosse Dasein belasten. Und viele Dinge, an die ich nicht rühren will, haben mit meiner Mutter, Alirio Cuesta und dem Senator zu tun.

Möglich, dass ich nur Gesten sehen kann, Gebärden, das Brauenheben, das leichte Nicken, das dem Kommentar zum Tod von Gerardito Barbosa folgte. Jetzt, da ich diese Zeilen schreibe, ist mir der Satz des Sterbenden wieder im Ohr: »Nur zu, mein Sohn, nur zu.« Ich vermag ihn nicht zu deuten. Sollte er mich ermuntern, seinen Todeskampf zu beenden?

Halte ich in wiederkehrender Schlaflosigkeit Zwiesprache mit dem grauen Untermieter, beschleicht mich das Gefühl, als würde ich jedes Handeln des Senators rechtfertigen. Zugleich verhehle ich mir nicht, dass es das Schicksal jedes Menschen ist, einen infamen Schatten nach sich zu ziehen, mit dem er lernen muss zu leben. Fest steht, sage ich mir, dass auch Mut, auch Courage den Menschen nicht retten kann.

Alles sei gesagt: Nicolás Maldonados Beerdigung war die in Puerto E.s jüngerer Geschichte mit Abstand am meisten besuchte. Sauber uniformierte Oberschüler, Geschäftsleute, Gemeinderäte, Taxifahrer, Schaluppenführer, Krankenschwestern, parfümumwehte Bordelldamen, Billardspieler und Losverkäufer gaben dem Verstorbenen ihr Geleit.

In den Fernsehnachrichten wurde eine einfühlsame Kondolenz des Staatspräsidenten verlesen. »Er war ein grosser Mann. Die Dienste, die er unserem Land geleistet hat, sind unermesslich«, hiess es darin.

Nicht weniger Lob spendete Pater Fídolo, von der Kanzel herab sprach er den Toten, vielleicht mit Verspätung, sogar von der üblen Nachrede frei, die gegen ihn geführt wurde und nur wenigen Gläubigen noch in Erinnerung sein mochte.

Grimaldo Santoya war einer der Männer, die den Sarg aus der Kirche zum Friedhof trugen. Gerardo Barbosa unterstützte sie ein Wegstück lang. Astrids Tränen waren nicht gespielt. Meine Mutter, Celeste und Marielita weinten ebenfalls, als sie aus der Kirche traten. Nur Tante Verónica schaute grimmig drein. Unsere Blicke kreuzten sich. Ich glaubte, einen Vorwurf in ihrem Gesicht zu lesen.

Wo die Albarrada im rechten Winkel zur Landstrasse abzweigt, streuten Mädchen in Schultracht Blumen. Die Menge schwoll an beim Vorüberziehen des Kondukts. Eine Prozession der heiligen Candelaria schien im Gange. Hin und wieder ertönte ein Schrei aus einer Männerkehle: »Es lebe der Senator Nicolás Maldonado!« Der eine und andere stimmte ein: »Er lebe!«

Zur Totenwache waren Leute von auswärts gekommen, sie schliefen vor dem Haus des Verstorbenen. In einer dieser Nächte, ich erinnere mich gut, zog sich Marielita auf die Terrasse zurück. Verbündete ihres Vaters – Gemeinderäte aus Nachbardörfern, Beamte aus Kommunen und Departamentos – hatten sich eingefunden, um ihr das Beileid auszusprechen. Sie bekundeten nicht nur Trauer. Marielita Maldonado wusste das. Ihr Name genügte, um eine politische Karriere zu lancieren. Und Doktor Cárcamo stand ihr mit Rat zur Seite.

Regen fiel in dieser Nacht auf Puerto E.

In der Ferne blitzte es. Der Regen begann zaghaft, fast still. Vom Balkon meines Hauses konnte ich, während ich die ersten Manuskriptseiten korrigierte, das Wetterleuchten sehen.

Ich vermutete, dass auf der anderen Flussseite ein Wolkenbruch niederging und das Gewitter Kurs auf Puerto E. nahm.

Zu vorgerückter Stunde entlud sich der Sturm mit aller Wucht über dem Städtchen.

Vor dem Zubettgehen bekreuzigte sich meine Mutter und verhängte die Spiegel des Hauses mit weissen Laken.

XII

Zurück aus dem Kollegium öffnete ich den Umschlag, den ich von Cifuentes bekommen hatte. Zeitungsartikel in Kopie, neun an der Zahl. Nur einige waren datiert. Der Grösse der Überschriften nach zu urteilen, handelte es sich um Nachrichten aus den Innenseiten, nicht besonders hervorgehoben und nicht namentlich gezeichnet.

Im ersten Artikel war von dem jungen Departamentalrat Nicolás Maldonado die Rede, von dessen Verstrickung in den Tod mehrerer Campesinos, die auf Land seiner Familie eingedrungen waren. Im nächsten, balkendick überschrieben, wurde seine Anwesenheit am Tatort insinuiert, wo ihn Überlebende gesehen haben wollten. Seine Entlastung und die Einstellung des Verfahrens durch den Untersuchungsrichter war Gegenstand der letzten zwei Nachrichten. Eine davon enthielt den Namen eines Opfers: Alirio Cuesta, »Berufsagitator«.

Wer hatte zur Waffe gegriffen? Wer hatte auf ihn geschossen?

Stundenlang wälzte ich die Frage. Ich sah den anbrechenden Morgen, die blaue Helle am Fenster, während von der Strasse die Pfeifentriller eines Fests heraufschrillten. Zwischendurch dachte ich, dass sich die Antwort auf die Frage erübrige. Es gab einen Befehl, und den galt es zu vollstrecken. Punkt.

Ich schlief ein paar Stunden und erwachte mit einem bitteren Geschmack auf der Zunge.

Die Kruste, ich könnte sie nun aufreissen und weiterstochern in der Wunde, zu Verónica Maldonado gehen, sie ins Verhör nehmen, sie zum Beispiel fragen, wer das Verbrechen an Horacio in Auftrag gab, sie musste es doch wissen.

Aber was würde sie preisgeben? Und was würden all die anderen mir verraten, Astrid Bonivento, Alfredo Cárcamo, Celeste Arrieta, Gerardo Barbosa? Verschwiegene Mauern türmen sich um meine Fragen.

Vielleicht ist schon alles gesagt.

Nein. Da ist noch etwas.

Nachdem ich die Berichte über Nicolás Maldonados Verwicklung in den Tod meines Vaters gelesen hatte, suchte ich Grimaldo Santoya auf. Ich musste lange warten. Emilce und ihre Mutter wurden nicht müde, mich mit Tamarindensaft und Carimañolas mit Käse zu bewirten. Es war fast sieben, als der Aufseher eintraf. Er begegnete mir freundlich.

Ich sagte, ich schriebe einen Artikel über den Senator und müsse zur Finca, um einen Lokalaugenschein vorzunehmen und mir die Entkörnungsmaschine anzusehen. Es war Samstag. Die Kneipe an der Ecke stand unter der Dezibel-Dominanz von Diomedes Díaz und Poncho Zuleta. Aus Achtung vor dem Senator habe er sich drei Monate lang das Trinken untersagt, behauptete Santoya. Es war seine Art der Trauer.

»Ich soll nicht so viel Knete versüffeln, hat der Senator zu mir gesagt. Mal sehen, ob ich Wort halten kann.«

Eine dumpfe Grimasse schob sich über sein wächsernes Gesicht.

Am Dienstag darauf holte er mich nach Mittag vom Spital ab.

Der alte Geländewagen frass die Strecke im Eiltempo, ich bewunderte die Manövrierfertigkeit des Chauffeurs. Nach weniger als einer Stunde konnte ich das Eisengatter an der Einfahrt zur Finca der Maldonados aufschwenken. Begleitet von Santoya, schritt ich unter der Zweiuhrsonne das Gelände ab.

Die betagte Entkörnungsmaschine war das Erste, was wir in Augenschein nahmen. Längst unbrauchbar, wollte Doña Verónica sie als Erinnerungsstück aus der guten alten Zeit hüten. Ich tat, als machte ich mir in der Kladde Notizen.

Dann blieben wir wortlos am Pool stehen. Hier hatte ich schwimmen gelernt, und hier war Astrid Bonivento auf dem Schoss des Senators gesessen, während Marielita den Papa mit ihren Tempi zu beeindrucken suchte. Das Becken war versifft, der Boden voller Regenpfützen, in der Erinnerung nahm sich alles viel grösser aus. Seit Monaten sei die Pumpe defekt, sagte Santoya, Doña Verónica habe sie nicht in Reparatur geben wollen.

Wir kamen an einen Stacheldraht. Nicht weit von hier, schätzte ich, mussten die Campesinos gefallen sein, die vor vierzig Jahren versucht hatten, dieses Land zu besetzen.

Zwischen dem Aufseher und mir hatte sich ein vertrauterer Ton eingestellt. Wie erwartet, betrachtete er auch das damalige Scharmützel, das unter Polizeibeteiligung stattfand, als Beweis für den Mut des Senators. Er schwadronierte über den Kugelhagel, die Standhaftigkeit der Señora Verónica, seine eigene jugendliche Verwegenheit. Obwohl sich Santoya gut erinnern konnte, sprach er undeutlich, die Worte schmierten verdreht und verstohlen über seine Lippen.

Die Erhebung der Campesinos sei nicht aus heiterem Himmel gekommen, sei nicht die Sache eines Nachmittags oder einer Nacht gewesen. Wochenlang habe sich der Aufstand zusammengebraut. In der Nachbarschaft habe es bereits Landbesetzungen gegeben, mit Viehdiebstahl hätten die Campesinos ihren Familien das tägliche Brot gesichert. Der Gouverneur habe mit den Anführern der Revolte sogar verhandeln wollen.

»Überall in der Gegend sind die Leute kopfscheu geworden«, sagte er und kicherte, als fände er es lustig. »Haben sogar Zelte aufgebaut«, fügte er hinzu und deutete auf ein Stück Land.

Von wo sie denn geschossen hätten, fragte ich, und er wies auf die Fenster des Wohnhauses, einen Zaun und den Schuppen, in dem die Entkörnungsmaschine stand.

»Und Don Nicolás? War er dabei?«

»Klar, bin ja neben ihm gestanden«, brüstete sich der Aufseher mit schwellender Eitelkeit.

Möglich, dass Santoya die Namen der niedergeschossenen Campesinos bereits vergessen hatte, möglich, dass er nicht wusste, wer Alirio Cuesta war und auch nie von seinem Tod erfahren hat.

Die Namen der Opfer sind binnen Tagen vergessen, zurück bleiben Leichen, die man aufsammelt und verscharrt. Je schneller, desto besser. So war es dem Liebhaber von Gerardito Barbosa ergangen, einem Namenlosen, eilends freigegeben, unter die Erde gebracht und zum Allerweltsdieb umgelogen.

Wie wird man über Alirio Cuesta geredet haben? Einen »kommunistischen Aufwiegler« hatte ihn Doktor Cárcamo genannt. »Berufsagitator«, hatte die Presse gewettert.

Ich malte mir aus, wie eine Handvoll Polizeibeamter die Leichen fortschleppten. Wie Reissäcke. Santoya wusste nicht zu sagen, wer diese Arbeit verrichtet hatte, er habe den Tatort in den frühen Morgenstunden nach dem Gefecht verlassen. Damals gab es weder eine Staatsanwaltschaft noch eine Forensik. Ich musste an den Körper denken, der nach der Totenschau durch den jungen Doktor Cárcamo meiner Mutter übergeben wurde.

Ich entfernte mich von Santoya, ging eine Weile umher, machte wieder kehrt und versuchte die Szene bildlich zu erfassen: Ich stellte mir vor, wie ich selber in den Stacheldraht stürzte.

Die Sonne begann zu sinken.

Auf dem Rückweg bat ich Santoya, mich am Friedhof abzusetzen. Er schien von meinem Ansinnen überrascht. Er solle nicht auf mich warten, sagte ich, denn ich würde länger brauchen. Er glotzte verwundert. Ein ansatzweises Lachen mischte sich in seine Worte:

»Bleiben Sie nur nicht zu lang, Docto. Nicht, dass Ihnen noch ein Gespenst unterkommt.«

Ich lächelte und hob zum Abschied die Hand.

Lange hatte ich den Ort nicht betreten. Er lag verödet. Mir fielen die Witwen ein, ihre schwarzen Schaltücher, ihre betrübten Gesichter, die Blumen in ihren Händen, die Lippen, die ein Gebet murmelten.

Ich hatte mich oft auf die Grabplatte gesetzt und mit den Fingern über den Marmor gestreift. Damals dachte ich nicht an den Tod, und der Mann, für den meine Mutter betete, hatte wenig Bedeutung für mich.

Auf der Grabplatte stehend, las ich den Namen und die Lebensdaten. *A. Cuesta (1939–1971).* Ich probte einen stillen Dialog, ein paar Fragen, ein Gebet, das mir mühsam in den Sinn kam. Nicht mehr. Wenige Schritte entfernt, im rechten Winkel, befand sich das Grab von Horacio Maldonado. Ich ging hinüber und wiederholte das Ritual. Mag sein, dass ich sie aussprach, die Worte: Ruhe, Horacio, ruhe, mein Bruder. Es war mein letztes, mein endgültiges Adios, das ich ihm vielleicht schuldete.

Ich bekreuzigte mich und verliess den Ort. Auf dem Nachhauseweg führte ich Selbstgespräche, stellte mir Fragen zu Horacio, zu meinem Vater.

Es war dunkel geworden.

Am Tag darauf wohnte ich dem Abschiedsfest bei, das die Angaritas für Jorge Cifuentes gaben. Neben den Therapeutinnen, die ich bereits kannte, waren auch Kollegen des Anwalts gekommen. Ich dankte Cifuentes für den Umschlag mit den Kopien. Ich war den ganzen Abend wortkarg, mitunter abwesend, und genervt, Fragen zu dem Buch, an dem ich noch schrieb, beantworten zu müssen. Den zweiten Whisky, mit dem Fabián mich in Stimmung zu bringen suchte, lehnte ich ab.

Ehe ich ging – es war noch nicht elf, und ich schützte wie immer das Befinden meiner Mutter vor –, sagte mir Angarita, dass Marcela Viveros Lambis nach Barranquilla fahren würde, um die sterblichen Überreste ihres Bruders in Empfang zu nehmen. Seine Gebeine seien in einem Massengrab in den Montes de María gefunden und identifiziert worden.

»Man hat ihn offenbar im Labor identifiziert. Marcela muss sich noch einem letzten Test unterziehen.«

»Sie wird endlich Ruhe finden, die Arme«, sagte ich.

»Diese Zeremonie ist gruselig, man kriegt ein Häuflein Knochen ausgehändigt … oder weniger, wenn sie die Leiche vorher verbrannt haben. Es ist mir nicht erspart geblieben, bei einigen dieser Anlässe dabei zu sein.«

Was folgte, war ein leidvoller Bericht über einen Nachmittag, da er in Bogotá die Frau eines Guerilleros begleiten musste, der bei der Besetzung des Justizpalasts verschollen war. Auch Cifuentes wollte seine Knochen- und Totengeschichte anbringen. Ich aber wollte nichts mehr hören und lief abschiedslos die Treppe hinunter.

Noch sind für mich viele Fragen offen. Zum Beispiel: Wie dachte der Senator im Verborgenen? Welche Ratschlüsse hielt er geheim, als sich diese Region mit Leichen füllte? Was ging in ihm vor, nachdem er seinen eigenen Sohn begraben hatte? Sah er sich je als verantwortlich an? Was fühlte er nach dem Tod der Brüder Berrocal? Empfand er jemals so etwas wie Schuld? Wie redeten Doktor Cárcamo und der Senator Maldonado über all die Morde? Oder redeten sie erst gar nicht darüber? Schuld und Reue arbeiten in wenigen Köpfen, die meisten verwehren sich jegliches Urteil über ihre Taten. Kann sein, dass auch ich in diese Kategorie falle.

Ich hätte mehr fragen müssen. Ich hätte, auf die Gefahr hin, seinen Zorn zu wecken, Nicolás Maldonado in ein Gespräch, in ein verdecktes Verhör verwickeln müssen, um seinem Geheimnis und der Wahrheit näherzukommen. Möglicherweise hätte er geantwortet: Es gibt Dinge, die fragt man nicht, besser, man vergisst sie und schaut nach vorn. Und womöglich hätte er es freundlich, wenn auch mit strenger Miene gesagt. Oder vielleicht wäre er in Schweigen versunken und hätte, tief in sich, eine alte Wildheit gezügelt.

Vor ein paar Nächten träumte mir von Horacio und Alirio Cuesta. Es war seltsam: Nicht Horacio wurde begraben, sondern mein Vater. Dann legte man meine Leiche mit zertrümmertem Schädel mit in den Sarg. Doch ich war noch am Leben und fühlte mich unbehaglich darin, und mir war, als würde uns Horacio mit einer Schaufel wieder ausgraben. Später, in anderer Kleidung, paddelten wir durch die Lagune, durch eine flüssige, flimmernde Zeit. Mein Vater sass vorn, den Rücken mir zugewandt, ich in der Mitte, noch ein Kind, und Horacio, bereits grösser, am Heck der Schaluppe. Ich solle mich umdrehen, sagte er, und den Kräuseln nachschauen, die sich bildeten, wenn er das Paddel ins Wasser stach. Wohlbehagen erfüllte mich. An den Ufern flogen die Reiher auf und strebten dem blauen Himmel zu. Ich aber war tot. Wir legten nahe der Mole der Albarrada an, wo meine Mutter wartete.

Nun ist die Niña Lola in diesen Abgrund gestürzt, den viele Neurologen fälschlich als Altersdemenz bezeichnen, diesen Zustand, in dem die Erinnerungen durcheinandergeraten und die Wirklichkeit sich eintrübt. Obwohl sie noch immer ihren häuslichen Verrichtungen nachgeht, ist sie zuweilen starrköpfig, versteift sich auf Dinge und hört nicht auf zu fragen, wer gerade den Spielzeugladen betreut. Dabei fehlt es ihr nicht an Verstand. Sie kann ihren Telenovelas folgen, einschlägige Kommentare abgeben, auch wenn die Worte hin und wieder nicht den Weg zu ihren Lippen finden, sich aus ihrem Gedächtnis stehlen. Ich werde sie wohl zu einem Spezialisten bringen müssen. Vormittags scheint sie mir geistesklarer, an manchen Abenden jedoch behandelt sie mich wie ein Kind, fragt, ob ich mir die Hände gewaschen oder die Schulaufgaben gemacht habe, ob ich am Samstag mit Horacio zum Schwimmen auf die Finca fahre. Ich bin versucht zu denken, dass ihre traurige Verfassung nicht nur das Schicksal greiser, sondern aller Menschen ist, im Besonderen jener, die wir uns vornehmen, einige Tatsachen festzuhalten und zu einer Geschichte zu verknüpfen.

Erst vor wenigen Tagen, in einem Anflug morgendlicher Klarheit, erinnerte sich die Niña Lola an die Beerdigung meines Vaters. Ich fragte, ob sie den Leichnam von Alirio Cuesta vor der Sarglegung gesehen habe. Ja, beteuerte sie. Ihre Antwort kam prompt, auf ihrer Stimme lag nicht der Schatten eines Zweifels. Dennoch wirkte sie froher, als ihr einfiel, dass der junge Politiker Nicolás Maldonado sie beim Begräbnis begleitet und seine Anwesenheit sie mit Stolz erfüllt hatte. Er sei auch für alle Kosten aufgekommen, ergänzte sie mit einem Lächeln der Genugtuung.

Möglich, dass sie nie etwas darum gab, unter welchen Umständen ihr flüchtiger Geliebter zu Tode kam. Möglich, dass der Senator eine Anzeige abwendete und sie den Schutz annahm, die Bestechung, die ihr Schweigen erkaufte. Und dass sie nicht daran dachte, tiefer zu schürfen. War, was sie empfand, mehr Scham für ihre späte, ledige Schwangerschaft als Schmerz um den Tod des Kindsvaters? Ich hatte nie den Mut, sie zu fragen. Ich weiss nur, dass der Senator es zuwege brachte, vor einem Notar Alirio Cuestas Unterschrift zu fälschen und damit die Anerkennung des Ungeborenen zu sichern.

Und dann trat ich ins Dasein, unter der Obhut und Obsorge des Mörders meines Vaters. Und die Vorstellung, dass ich dafür immer dankbar war …

Ich habe es mir zur Gepflogenheit gemacht, sonnabends über die stille Albarrada zu spazieren. Die Mole ruht aus vom Trubel der Woche. In der Nähe ist ein Freiluftcafé, wo ich mich mit Angarita unterhalte. Manchmal trinken wir ein paar Bier. Unser heutiges Treffen ist ein besonderes. Ich will ihm diese Erzählung geben mit der Bitte, sie zu lesen, bevor ich sie ein letztes Mal überarbeite. Den Schlusspunkt, nein, ich kann ihn nicht finden, und vielleicht ist Angarita in der Lage, mir einen Umstand zu verraten, der mir entgangen sein mag.

Bis es so weit ist, dehne ich meinen Spaziergang aus und nutze auch diesmal die Gelegenheit, um auf den Fluss zu schauen. Ich beuge mich über das Molengeländer und lasse mich von der Brise kühlen. Ich blicke in das Abendlicht, in die flüssige Zeit, auf das dahinströmende Wasser, auf die Schaluppen, die einander am Ufer zu liebkosen scheinen. Immer noch treiben die Taruyas nach Bocas de Ceniza hinab. Auf dem jenseitigen Ufer ist Magdalena Berrocal, vielleicht denkt sie an mich, so wie ich jetzt an sie denke. Der Fluss. Ich vergegenwärtige mir den Duft jener Nacht, sehe Luceros Augen und male mir die Verheissung eines Lebens aus, das wohl niemals das meine sein wird. Und sollte ich doch eines Tages wieder hinüberfahren? Damit diese Zeilen mit einem Happy End ausklingen, wie die Telenovelas, von denen meine Mutter nicht ablässt? Wäre es nicht eine Flucht? Vielleicht würde mich dort, im entlegensten Winkel, die unendliche Macht des Senators nicht einholen. Sein letzter Satz fällt mir ein, sein Rat auf dem Sterbebett. Ja, in gewisser Weise wird der Senator sie forttöten: meinen Vater, Horacio und die vielen anderen, und ich werde ihren Tod zulassen, werde wegschauen, untätig bleiben, in einem Limbus der Gleichgültigkeit vor mich hinleben. Möglich auch, dass sich in mir die stille, die subtile Geste des Senators wiederholt, wenn er die Verbrechen ohne ein Wort billigte. Wer könnte da sagen, man habe einen Auftrag erteilt? War ein Wort überhaupt vonnöten? Genügte nicht ein leichtes Brauenheben, die bejahende Gebärde, der mörderische Segen, den eine Handbewegung erteilt?

Ich mache mir Gedanken über die Zeit, die mich umfängt, und spüre die Gegenwart Nicolás Maldonados. Er beobachtet mich, flüstert mir vielleicht etwas zu, haucht mir seinen Atem in den Nacken. Es gibt sie, die natürlichen Gewalten, die, stets erneuert, auf dem Schicksal eines Ortes lasten. Der Senator Maldonado verkörpert eine von ihnen, den Jatagan, der uns wieder und wieder die Kehle durchschneidet. Über seine Tochter, seine Enkel, es ist unschwer zu erahnen, wird er fortwalten in diesen Gegenden, unsterblich und unentthront. Die Zeit zieht dahin, wie der Fluss, doch nichts ändert sich. Ich fühle die Spiralen der ewigen Wiederkehr. Und trotzdem glaube ich naiv an die Möglichkeit eines Wandels.

Als ich zum Café komme, sitzt Angarita bereits an einem der Tische. Es ist ein einfaches Lokal. Von der Terrasse blickt man über den Fluss, den Boote bevölkern. Angarita sagt Hallo und sieht den Ordner unter meinem Arm.

»Du hast endlich beschlossen, dass ich dich lesen soll.«

»Es ist verdammt schwer, sich davon zu lösen. Ausserdem glaube ich, dass ich kein gutes Ende gefunden habe.«

»Nichts endet. Wie der Krieg… Auch der hat kein Ende«, räumt Angarita ein und nippt an seinem Bier. »Das Einzige, was endet, ist die Ehe.«

»Hast du Zores mit Muriel?«

»Das erzähle ich dir später.«

Ich übergebe ihm den Ordner, er fängt an zu blättern.

»Hast du eine Kopie?«

»Nein.«

»Morgen mache ich dir eine. Sicher ist sicher.«

Angarita schaut auf von den Seiten, hebt die Brauen und heftet den Blick auf einen Passanten. Gerardo Barbosa. Er bewegt sich auf die Mole zu. Fester Schritt, kolossaler

Bauch, Stock aus Guayacanholz in der Hand und Finsternis in der Miene, als hätte er gerade Ärger gehabt.

»Da geht er, der ewige Dämon, der uns regiert.«

»Da geht er«, wiederhole ich.

Und als Gerardo Barbosa auf der Albarrada verschwindet, beginnt Fabián Angarita zu lesen.

(2019–2021)

Glossar

Agua de Panela Getränk aus Wasser und *panela* (Hartmelasse aus Zuckerrohr)

Aguardiente Anisschnaps, aus Zuckerrohr gewonnen

Arepa runder Maisfladen (Mehrzahl: *arepas*). An der karibischen Küste Kolumbiens auch mit Ei gefüllt (*arepa de huevo*).

Bahareque aus Bambus oder Schilfrohr in Lehm-Staken-Bauweise errichtetes Haus präkolumbischen Ursprungs

Besetzung des Justizpalasts Besetzung des Verfassungsgerichtshofs in Bogotá durch die Guerillagruppe M-19 am 6. November 1985

Bocachicos Prochilodus magdalenae, Art der Gattung Barbensalmler

Bocas de Ceniza wörtlich: Aschenmäuler. Ort, an dem der Río Magdalena ins Karibische Meer mündet.

Bolívar Departamento in Nordkolumbien, an die Karibik stossend und im Osten vom Río Magdalena begrenzt

Bollo de Maíz in Maisblätter eingewickelte Maispaste

Bollo de Coco in Maisblätter eingewickelte Paste aus Kokosraspeln, Zucker und Anis

Campesino Kleinbauer

Candelaria Mariä Lichtmess. Ihr Fest, am 2. Februar, wird an vielen Orten Kolumbiens begangen. Sie ist dunkelhäutig und symbolisiert das Feuer. Vor allem Frauen verehren sie.

Carimañola frittierte, mit Käse gefüllte Maniokrolle

Calle Strasse

Carrera Séptima eine der Magistralen Bogotás, die an den

östlichen Hügeln der Stadt als Umfahrungsstrasse von Norden nach Süden verläuft

Ceiba Kapokbaum. Er zählt zu den Urwaldriesen und kann ein Alter von über 500 Jahren erreichen. Den präkolumbischen Kulturen Amerikas galt er als heilig.

Cumbia kolumbianischer Volkstanz (an der karibischen Küste) afrikanischen Ursprungs

Diomedes Díaz (1957–2013) kolumbianischer Vallenato-Sänger und -Komponist

Dulce de Papaya süsses Papaya-Dessert

Empanada frittierte Maisteigtasche mit Füllung. Mehrzahl: *empanadas*.

Gerardito Verkleinerungsform von *Gerardo*

Guayaberas leicht faltige Hemden mit vier aufgenähten Taschen auf der Vorderseite. Traditionell weiss. Ein klassenübergreifendes Kleidungsstück, das sowohl von Bauern wie von Staatsmännern getragen wird.

India indigene Frau

Der Krieg der Tausend Tage kolumbianischer Bürgerkrieg (1899–1902), geführt zwischen der konservativen und der liberalen Partei

La Pelúa ›die Haarige‹

Mango Biche unreife Mango

Manischewitz süsser Rotwein

Marielita Verkleinerungsform von *Mariela*

Merengue salsaähnlicher Volkstanz, aus der Dominikanischen Republik stammend

Mi Campito ›mein (Acker- oder Weide-)Ländchen‹

Mojarras eine Familie barschverwandter Fische

Montes Berge

Niña eigentlich ›Mädchen‹. In Verbindung mit Frauennamen kann das Wort im karibischen Teil Kolumbiens die Funktion einer Respektform haben.

Niño Kind, Knabe, Junge

Novio Bräutigam, Freund, Liebster

Paseo zusammen mit *Merengue*, *Puya* und *Son* einer der vier Grundrhythmen des Vallenato

Poncho Zuleta (*1949) kolumbianischer Vallenato-Sänger und -Komponist

Porro Tanzmusik an der kolumbianischen Karibikküste

Puya Siehe *Paseo*.

Rionegro Stadt im Departamento Antioquia. Zirka 350 km Luftlinie vom Ort der hier beschriebenen Geschehnisse entfernt. Auch in Kolumbien werden Angehörigen der Ordnungskräfte entlegene Dienstorte zugewiesen, um Verbrüderungen mit der lokalen Bevölkerung zu erschweren.

San Expedito Sankt Expedit, in Kolumbien sehr populär. Er ist der Heilige der hoffnungslosen Fälle.

Sicario Auftragsmörder

Son Siehe *Paseo*.

Tajaditas de Plátano frittierte Kochbananenspalten

Taruyas Wasserhyazinthen

Tigre Mono ›blonder Tiger‹

Tinto milder kleiner schwarzer Kaffee

Turcos wörtlich: Türken. In Kolumbien Sammelbezeichnung für aus dem ehemaligen Osmanischen Reich stammende Zuwanderer.

Vacuna eigentlich Vakzine, Impfstoff

Vallenato stark rhythmische Tanzmusik an der kolumbianischen Karibikküste

Violencia Im historischen Kontext die Zeit der Gewalt in

Kolumbien zwischen 1948 und 1953 (plus vereinzelte Nachwehen bis 1958). Unter dem Schutz der konservativen Regierung und zum Teil mit deren Beteiligung kam es in der zweiten Hälfte der 1940er Jahre und zu Beginn der 1950er Jahre zur systematischen Verfolgung der Anhänger der Liberalen Partei, die sich ihrerseits mit Waffengewalt zur Wehr setzten. Den bürgerkriegsähnlichen Zuständen fielen 200 000 bis 300 000 Menschen zum Opfer.

Yuca con Suero Maniok mit käsiger Rahmsauce

Pedro Badrán in der edition 8

Der Mann mit der magischen Kamera
Roman aus Cartagena de Indias
Aus dem Spanischen übersetzt von Peter Schultze-Kraft und Rainer Schultze-Kraft
224 Seiten, geb., Fr./€ 23.–, ISBN 978-3-85990-359-3

Pedro Badrán erzählt die Geschichte eines vom Abriss bedrohten Hotels am Strand von Cartagena de Indias und damit die Geschichte all derer, die mit dem Hotel verbunden sind: Gäste, Eigentümer, Angestellte und Fans der mythischen Gestalt Tony Lafont, des Mannes mit der magischen Kamera, der verschwand und auf dessen Rückkehr alle warten.
Pedro Badrán hat mit diesem Roman die kolumbianische Hafenstadt Cartagena als literarischen Ort entdeckt und dabei die ganze Magie der Karibik eingefangen, das Licht, die Fülle der Farben und Klänge, die Sinnlichkeit, die Würde der Armut, die einzigartige Atmosphäre von Verfall und Poesie, die Zugewandtheit der Menschen zum Leben und die Traurigkeit der Tropen.
Ein magisches Wort, nach dem in dem Buch gesucht wird, ist *funámbulo*. Und das sind die Romanhelden allemal: Funambulisten, Seiltänzer – Menschen, die sich, etwas weltfremd, aber lebensnah, stets am Rand der Existenz bewegen, und das auf eine fast spielerische Art. Es sind Lebenskünstler, besser gesagt, Überlebenskünstler, die sich wie Schlafwandler in ihrer heiklen Situation behaupten.

Die Faustregel
13 Kriminalfälle des Inspektors Ulises Lopera
Aus dem Spanischen übersetzt von Benjamin Loy
168 Seiten, geb., Fr./€ 23.–, ISBN 978-3-85990-425-5

»Wann immer in Kolumbien ein Verbrechen verübt wird, kannst du mit 25 Prozent Wahrscheinlichkeit davon ausgehen, dass die Guerilla dahintersteckt, und mit 25 Prozent, dass es die Paramilitärs waren; auf die normalen Verbrecher und die Narcos entfallen noch einmal 25 Prozent, und die letzten 25 teilen sich die Armee, die Polizei und die Geheimagenten der Regierung.« Nach dieser Faustregel funktioniert die kolumbianische Gesellschaft, in der Inspektor Ulises Lopera, der später auf den Beruf des Privatdetektivs umsattelt, nicht nur gegen zahllose Verbrecher, sondern oft auch gegen den Staat und seine Kollegen kämpft. Seine Fälle führen den Ermittler in die dunkelsten Ecken und die höchsten Kreise von Bogotá, wo eine Mischung aus Gewalt, Drogen und Schmiergeld selbst den integersten Kommissar auf die Probe stellt. Und als wäre das nicht genug, sorgen auch noch US-amerikanische Agenten, gehörnte Ehefrauen und kriminelle Freunde für jede Menge Unruhe.
In den 13 Kriminalfällen seines Inspektors zeichnet Pedro Badrán ein raues und zugleich vielschichtiges Ge-

sellschaftspanorama des Kolumbiens der Gegenwart, in dem die Wirklichkeit nur selten so ist, wie sie auf den ersten Blick zu sein scheint – ganz egal ob die Schuld nun bei Pablo Escobar oder einer Schatulle verhexter Juwelen liegt.